JN170068

黄金の犬

真田十勇士

犬飼六岐（いぬかいろっき）

角川春樹事務所

黄金の犬
真田十勇士

目次

装画……森　豊
装幀……芦澤泰偉

野伏り

近江、佐和山城。

豊臣家の重臣石田三成の居城は、関ヶ原の戦いのあと、徳川四天王のひとり井伊直政に委ねられ、嫡男直継の手で破却された。

慶長十一年（一六〇六年）のことである。

廃城の処置は徹底していた。佐和山の頂上にそびえる本丸天守をはじめ、全山に配された屋敷や門、櫓をことごとく打ち壊す。曲輪という曲輪を根こそぎ崩し、土塁を潰して堀を埋め、石垣を掘り起こして運び去る。

「ひどいものだ、山が低くなったぞ」

周辺の村々では、そんなふうに囁いたのである。

三成は善政を布き、領民に慕われていた。井伊家は新領主として、三成の遺功を跡形も残さずに踏みにじろうとしたのだろう。そのとおり、城は消え、いっとき山は死んだ。

だが山は静かに息を吹き返す。

いくたびか春秋を経るうちに、荒れ果てた山肌をふたたび草が覆い、焦げた木々の幹を枝葉が包んだ。だれにも見られず新緑が芽吹いて、葉が生い茂り、やがて錦に色づいて散っていく。そしてまた小さな蕾が膨らみ、満開に花が咲いて、とりどりの実をつける。

そうしたうつろいの陰で、いつごろからか得体の知れない姿がしきりにうごめきはじめたが、やはりそれを眼にとめる者はいなかった。

ある日、村人たちは愕然とした。城跡のかつての二ノ丸あたりに、粗末ながら砦が築かれていたのだ。曲輪の残骸が平らに均されて、土塁が盛りあげられている。高い柵の奥には櫓らしきものが見え、手前には堀切が底深く掘りなおしてある。

「だれが？」

「いつから？」

「なんのために？」

村人たちは口々に尋ね合ったが、こたえられる者がいるはずもなかった。

佐和山の麓に泉寺という古刹がある。村人はここを訪ねて、どうしたものかと相談した。だが住職はまともにとりあわず、村人をたしなめて追い返した。

「いまこの国はつつがなく治まっておる。みだりなことを申して騒ぎ立てるでない」

井伊家への憚りもあったのだろう。とはいえ、住職も聞き捨てるわけにはいかず、寺男に命じてようすをたしかめにいかせた。すると、寺男は話どおりに砦を見つけるだけでなく、柵のむこうでなにか作業するような物音、かけ声や笑い声などがするのを聞いてきたのだ。

ぱっと噂が広まった。村人は怪しみ恐れた。だが若者は大人が怖がれば怖がるほど、度胸試しとばかりに山に入り、競うように砦に近づいては、不審な物音や声を聞いてきた。そして、そのての武勇談が山裾の村々に出つくしたころ、とある腕自慢の若者が柵のむこうを覗きにいって、そのまま帰らなかった。

「鬼が棲みついたか」

と村人たちは囁いた。言葉のあやでも、喩えでもなかった。かれらには思いあたる鬼がいた。無惨な最期を遂げた前領主と、その一族郎党の怨霊である。

徳川家康は石田三成を捕らえると、大津城の門前で生き曝しにしたあと、大坂、堺、京の町を引き廻し、六条河原で斬首、さらに三条河原に首を晒した。敵とはいえ将たるものにたいして、匪賊にも劣るあつかいだった。

佐和山城に籠った三成の父や兄、妻など一族も、ことごとく討死あるいは自害に追いこまれた。武器を捨てて投降した郎党がなぶり殺され、凌辱や誘拐を恐れた城内の女たちが谷に身を投げて、悲鳴や呻きが山裾まで響きおりたのである。

「見た、あれは間違いない……」

やがてそう言い出す者があらわれた。無念の死を遂げた武者の亡霊を見たというのだ。噂が噂を呼んだ。だれも山中の砦に近づかなくなった。

だが村人たちはまもなく噂の真相を知った。こんどは砦の住人が村にあらわれたのだ。かれらは使い古された兜や具足を身につけ、ある者は塗りの剝げた槍、ある者は錆の浮いた太刀、ある者は弓矢や鉄砲を手にしていた。

佐和山に棲みついたのは、鬼ではなかった。野伏りだった。略奪がはじまった。

野伏りとは、もともと野山にひそんで落武者狩りをする農民のことをいう。だが追い詰められて野盗と化した落武者も、やはり野伏りと呼ばれた。かれらが本来の野伏りよりはるかに凶悪であったことは、いうまでもない。

佐和山の野伏りは、落武者の集団だった。頭領をはじめ多くが石田家の残党であり、その意味では前領主家の怨霊が棲みついたというのもあながち的外れではなかった。鬼ではないが、鬼のごとく村々を荒らしまわった。

このころ井伊家では領国支配のあらたな拠点として、琵琶湖岸に彦根城を構えていた。佐和山から半里（約二キロメートル）ほど西にある、彦根山という低い山に築かれた平山城で、周囲の平地には城下町が整備された。

野伏りは山裾の村を荒らしつくすと、つぎにこの城下町を襲った。そして、これが野伏りたちの本当の狙いだった。彦根城下での暴力と略奪は、それまでと比較にならないほど凄惨をきわめた。三成の怨念が牙を剝いたのだ。

井伊家はただちに討伐隊を組んで、佐和山に派遣した。だがまともに戦うこともできないまま、あえなく撃退された。

佐和山はもとより要害の地であり、さらに荒廃した城跡は部隊が一列になって草を分けながら進むしかないありさまだった。それでも井伊家の将兵は怯まず砦をめざしたが、堀切のまえにたどりついた者から、つぎつぎに矢弾の的にされたのだ。

野伏りはこれをきっかけに、わがもの顔で城下町を荒らしはじめた。なにしろ山中の砦を攻めるのとはわけがちがう。こちらは隙を見て山を抜け出し、堀も柵もない町に躍りこんで、盗めるだけ盗みまわり、危なくなれば風を喰らって逃げればいいのだ。

井伊家はいやおうなく守勢に立たされた。新領主としては是が非でも領民を庇護しなければならない。領民を守れぬ者は、領主の資格を欠く。それが乱世を生き抜いてきた庶民の思いであり、大名もそうみなされて当然と受けとめていた。

彦根城下は野伏りの襲撃に備えて、昼夜をわかたず守備兵が要所を固め、火急のさいにはただちに城兵が支援した。

ところが、昨冬来、それさえも困難になりだしていた。野伏りがにわかに勢力を膨らませたのだ。どうやら徳川の大軍が大坂城を攻めたあと、豊臣方にいた浪人が少なからず佐和山に入ったらしい。

そして、慶長二十年（一六一五年）の春。

徳川と豊臣、新旧の天下人の確執はいまや抜き差しならないところまできている。

「冬の陣のあとに、か？」

うしろの男の話に、若者は振りむかずに訊き返した。

「そうだ、食い扶持を失くした連中が、ぞろぞろと転がりこんだらしい」

「しかし、大坂城では和議のあとも、徳川に睨まれるのもかまわず、浪人を抱えたままにしているだろう」

「それでも首を切られた者もいれば、豊臣に見切りをつけて出ていった者もいる」

「どっちにしても、たいした連中じゃないな」

「ああ、半端者の集まりだ」

まえをいく若者は、やや小柄で浅黒く日に焼け、精悍な顔立ちをしている。うしろを歩く男は、それよりひとまわりほど年輩に見え、ひょろりと長い顔に睡たげな眼をしていた。

二人はともに足軽のような身なりをしているが、陣笠や胴丸などはつけていない。槍も持たず、腰に脇差を差すだけの軽装である。大手門の跡から佐和山に入り、草に埋もれた道やまばらな足跡をたどって、三ノ丸とおぼしきあたりまできたところだった。

さほどの距離ではないが、元来が山城だけに道筋はわざと曲がりくねらせてあり、いくつか難所もある。だが二人とも菜の花の野辺でもいくように熊笹を踏み分け、土塁の残骸を越える。蝮に出くわして、若者がひゅうと口笛を吹き、男がわらびの恩、わらびの恩と呟いた。

直角に折れた道を左に右にたどり、見通しの悪い窪地に出る。草むらを分けて、つづきの道を探し当て、急斜面をのぼると、尾根のさきに二ノ丸跡の砦が見えた。

「あれか」

とうしろの男がいう。

「あれだな」

と若者がうなずく。

「談判はまかせる。わしは口下手でいかん」

「口下手なわりには、よくしゃべる。が、おまえにまかすと、まとまる話もこじれるのはたしかだな」

「いや、あれはわしのせいではないぞ。どうしたわけか、話す相手、話す相手が、臍曲りばかりときているのだ。正論の通じる相手なら、あんなことになりはせん」

「さて、今日はどうかな。話のわかる連中だといいが」

砦の手前には、二筋、堀切が横たわっていた。はじめの堀切は大雑把に掘りなおしてあるだけで、幅は二間（約三・六メートル）、深さは四尺（約一・二メートル）ほど。底は土がたまって平らになっており、難なく渡ることができた。

だがつぎの堀切は、幅が四間、深さが一丈（約三メートル）はあり、底まで鋭角に掘りこまれている。さらにむこう岸が、こちらよりかなり高い。うしろの男が首を伸ばして覗きこみ、底に転がる人骨を見て顔をしかめた。

「わしはここで待とう」

野伏りたちは堀を渡るときだけ、むこう岸から橋を架けるのだろう。井伊家の討伐隊はここで立ち往生して、砦から放たれる矢弾を浴びたにちがいない。

「そうだな。二人がかりじゃ、大袈裟になる」

若者はいいおいて、地面を蹴った。ましらのようだった。軽々と堀切を跳び越えて、対岸の斜面に取りつくと、またたく間に急傾斜を登りきり、岸のうえに立った。

「な、なにものだ！」

若者の頭に怒声が降りかかった。砦の櫓のうえで、物見の男が顔を真っ赤にしている。さっきから二人の姿を見張っていたのだが、若者がたやすく堀切を越えたので、にわかに狼狽したらしい。

「名乗るほどの者じゃない」

若者は笑みを浮かべて、砦に近づいた。

「待て、とまれ！」

「そういっても、ここじゃ話が遠い」

「うるさい、とまれ。あと一歩でも近づけば、射殺すぞ！」

物見の男が口から泡を飛ばしてわめく。櫓より一段低い柵のうえに、野伏りが七、八人姿をあらわし、若者にむけて弓矢を構えた。

「わかったよ。それじゃ、ここで話すから、頭を呼んでくれ」

若者が立ちどまり、物見の男に手を振った。

「か、かしらだと。おまえはなにものだ、御頭にいったいなんの用だ？」

わめき散らす物見の男のわきに、髭面の大柄な男が登ってきた。物見の男を押しのけながら、若者を見おろすと、

「ほう、小僧ひとりか。こんなところまでよくきたな」

「あんたは？」

「なに、あんたはだと?」

髭面の男がぎょろりと眼を剝き、がははと大口を開けて笑った。

「小僧、度胸は買ってやるが、仲間になりたいなら口の利き方には気をつけろ」

「いや、仲間になりにきたわけじゃない。あんたらの頭に大事な話があるんだ」

「話なら、わしが聞いてやる。この大手門は、わしの許しがなければ鼠一匹通さぬのだ」

野伏りの頭領は、旧石田家中の木村五郎兵衛。髭面の男は、その右腕とたのまれる嶋田利蔵だった。

「なるほど、いまはここが大手門になるわけか」

と若者は柵の中央にある扉を眺めて、

「それじゃ、あんたにいうから、しっかり頭に伝えてくれよ」

「おう、ぬかしてみろ」

「いますぐ砦を明け渡して、この山から出ていけ」

「な、なに……」

「聞こえなかったか。あんたらみんな、さっさとここを出ていけといったんだ。でないと、痛い目を見ることになる」

「こやつ!」

と嶋田は眼を吊りあげたが、訝しげに首をひねり、

「小僧、正気か。われらは井伊の赤備えさえ蹴散らしたのだ。がきひとりでなにができる。いや、

ひとりがふたりでもだ」

　すると、堀切のむこうで待っている男が、頭のうえで大きく手を左右に振って、

「待った、わしは勘定に入れんでくれ」

　だがそのまわりに、いつの間にかあらたな人影があらわれていた。年頃も背恰好も身なりもばらばらの男たちが、堀切のまえにならんでいる。

「七、八、合わせて、九人か。それがどうした。こちらは総勢百人だぞ」

　嶋田がさっと手を振りあげた。砦の柵のうえにも弓矢にくわえて、あらたに鉄砲を構えた野伏りがあらわれる。

「痛い目を見るのは、どちらかな」

　若者にむけて手を振りおろそうとして、嶋田が息を呑んだ。若者の姿が消えている。柵のまえには、杉の若枝が一本、ぽつんと立っているだけなのだ。

「そりゃ、あんただろ」

　嶋田の耳元で囁き声がした。ひんやりと冷たいものが喉笛に触れている。糸のように細い感触である。

　嶋田のすぐわきに、若者がいた。若者は脇差の刃を嶋田の喉笛に押しつけている。すっと刃を引いた。嶋田の喉笛が裂けて、櫓から一筋、真紅の滝がほとばしった。

　野伏りたちが、ぎょっと振りむいた。一瞬、息を呑み、眼を瞠る。

　若者が櫓から柵の裏側の足場に飛び移った。野伏りたちが弓矢や鉄砲を構えなおすまもなく、

脇差を揮（ふる）いながらかたわらを走り抜ける。

野伏りたちがつぎつぎと足場から落ちて地面に転がった。喉からは悲鳴でなく、やはり血が噴き出している。

「おい、頭を呼んでこい」

若者が砦の内側に呼びかけた。総勢百人というのは誇張にしても、死んだ連中のほかに、まだ五、六十人はいるようだ。顔に飛んできた矢を、ぱっとつかんで投げ返し、

「やめておけ。あんたらはせっかく負け戦を生き延びたんだろう。ここで命を粗末にするな。野盗が棲むのに手ごろな山なら、ほかにいくらでもある」

すると、砦の奥から朗らかな声が響き返った。

「わめくな、佐助（さすけ）。頭なら、おれが連れてきてやったぞ」

いいながらあらわれた男の手に、野伏りの頭領木村の生首がぶらさがっている。

「才蔵（さいぞう）、どうしておまえはそうことを荒立てる。頭となら穏便に話がついたかもしれんのに」

佐助と呼ばれた若者が、渋い顔をした。

「穏便にすませたいなら、こうするのが一番だ」

才蔵と呼ばれた男も若い。木村の生首を高々と放りあげて、その眉間に素早く手裏剣を打ちこみ、

「つぎは、だれがこうなりたい？」

野伏りたちのまえに、ごとりと生首が落ちた。木村はなぜか眼を寄せて、眉間の手裏剣を睨ん

でいる。

「あんたら、命のあるうちに逃げておけ。そいつは、おれよりも話し合いが苦手だぞ」

と佐助が野伏りに声をかけた。

「よくいうぞ。おれは頭ひとり、おまえは何人殺した？」

と才蔵が笑う。

櫓から嶋田の死体が滑り落ち、地面に叩(たた)きつけられて血が飛び散った。それをはずみに悲鳴ともつかない声があちこちにあがり、野伏りたちがわらわらと逃げだした。

十匹の犬

翌夕、野伏りの砦の陣屋で、十人が火を囲んでいた。

陣屋といっても木端葺（こっぱぶき）の粗末な小屋である。床は均（なら）した地面に筵（むしろ）を敷いて、中央に大きく囲炉裏を切り、出入口も筵を垂らしてあるだけで、窓はないのに隙間風がやたらと入ってくる。だがまわりの小屋はもっと狭くて汚いし、こんな代物でも野伏りたちが汗水垂らして建てたおかげで、こうして雨露をしのげるのだから、贅沢（ぜいたく）をいってはばちがあたる。

ともあれ、十人はなにやら浮かない顔をしている。

「出てこぬな」

と坊主頭の老人が唸（うな）った。顔も声も、ついでに態度もひと一倍大きいが、ひどく小柄である。三尺足らずの矮軀（わいく）を色褪（いろあ）せた袈裟（けさ）で包んでいる。

となりにもうひとり、おなじく坊主頭で似たような顔立ちをした男がいるが、こちらはおそろしく大きい。八尺近い巨軀を丸めて、岩山のようにじっとしている。

二人は兄弟で、小柄なほうが兄の清海（せいかい）入道、大柄なほうが弟の伊三（いさ）入道。ともに三好（みよし）の姓を名乗っているが、だれも本名とは思っていない。

清海入道のむこうに坐るのが、上月佐助。小柄で見るからに剽悍な若者である。渾名を猿飛という。

佐助のとなりにいる痩せぎすの男が、筧十蔵。十蔵はかたちとしては車座に加わっているが、囲炉裏に背をむけて黙々と鉄砲の手入れをしている。この男の鉄砲はなにかと工夫が凝らしてあり、ほかにおなじものを見ることがない。

十蔵のとなりで場違いに洒落た身なりをしているのが、海野六郎。この男は安酒や粗食に手をつけず、いまもそっぽをむいて、きれいに切りそろえた口髭の先を指でつまんでいる。

そのむこうの色白の若者が、穴山小助。背丈があるわりに華奢な体格をしており、膝においた指も白魚のように細い。二重のつぶらな眼で、となりの才蔵を流し見ている。

石川才蔵は水のように瓢の酒を呷っていた。抜き身の刀を思わせる、冷たく鋭い容姿をしていて、佐助より背が高く、男前も数等上。渾名を霧隠という。

才蔵のとなりにいるのが、望月六郎。この男はさっきから囲炉裏の炎をじっと見つめて、ひとりで呟いたり笑ったりしている。身に着けているものは悪い品でもないのだが、色や柄の取り合わせがでたらめなせいで、いやに間が抜けて見える。

そして望月のわきに坐る睡たげな眼をした男が、昨日、佐助のうしろを歩いていた由利鎌之助。さっきから仲間の冷ややかな視線にさらされているが、いっこうに気づかぬふりをしている。

その鎌之助と伊三入道のあいだに坐っているのが、根津甚八。赤銅色に日焼けした男で、ぼさぼさの髪を大雑把に紐でたばね、粗衣から突き出た腕や脛が逞しい。

以上十人、あらためて名前をあげると、つぎのとおりになる。
猿飛佐助
三好清海入道
三好伊三入道
筧十蔵
海野六郎
望月六郎
由利鎌之助
根津甚八
穴山小助
霧隠才蔵
いずれも上下のある間柄ではなく、かつまた上下をみとめる連中でもなく、みなが対等な仲間である。
佐助がいちおう頭領の立場にあるが、それも年齢や実力とは関わりがない。あとの九人がわがまますぎたり、あくが強すぎたりして、とうていまとめ役にはならず、
「佐助なら、まあ、なんとかするだろう」
とお鉢がまわってきたのだ。
年輩の順でいうと、まず三好兄弟がとうに還暦を過ぎ、筧十蔵と海野、望月の二人の六郎が四

十前後。由利鎌之助と根津甚八が三十半ば。見たところ、穴山小助と才蔵、佐助が若いが、今年で二十歳とはっきりしているのは小助だけで、才蔵と佐助の実年齢はだれも知らなかった。

「おい、本当にあるのだろうな」

と甚八が顎を傾けて、鎌之助を見た。

「ある。かならず、ある」

鎌之助が力をこめてうなずく。

「おまえはそうして力めば力むほど、話が嘘臭く聞こえるぞ」

「それは僻目だ。いや、僻耳か。とにかく、わしは嘘などつかん」

「ならば、なぜ見つからぬ。あれだけ掘り返したのに、出てくるのは石塊ばかりではないか」

と清海入道が声を尖らせる。

「隠し金の話、たしかなのか。嘘でなくても、間違いということがある」

と海野も片眉を吊りあげた。

「いや、嘘も間違いもない。たしかな筋から聞いたのだ」

鎌之助がいうと、清海入道が顔を突き出して、

「治部少（治部少輔、石田三成）の家老の稚児とかいうのだろう。そんな男の話が当てになるのか。尻の穴をほじくりまわされて、頭がぼーっとしておったのではないか」

「尻の穴の具合は知らんが、頭はしっかりしていたぞ」

「たしかだろうな」

「いや、じつのところ悪い病に罹(かか)って死にかけてはいたが、断末魔に法螺(ほら)を吹くやつはおらんだろう……」

鎌之助が焚(た)きつけの枝をつかんで、囲炉裏の灰をつついた。

石田三成は関ヶ原の戦いをまえにして、佐和山城の留守を託した父と兄に、落城の危機に瀕(ひん)したさいには、天守に蓄えた金銀を隠すよう指示していた。それは徳川に勝利したあと生じるだろう他大名との覇権争いに備えた政治、軍事の資金で、万が一のときには石田家再興の資金にもなるはずだった。

「悪い病だと？　それでは尻も頭もぐちゃぐちゃだろうが」

と清海入道が太い鼻息を吐いた。

「いや、とにかく、この城は治部少輔の威勢からすると、えらく質素だったらしい。ということは、使わずにおいた金がどこかにあるはずだ」

鎌之助が枝の先でぐるりと周囲を指し示した。

権臣であった三成の居城だけに、佐和山城は贅をつくした城と思われていた。だが落城後、小早川秀秋(こばやかわひであき)など徳川方の大名が見たのは、きわめて質素な暮らしのあとだった。このことは三成の倹政を示すとともに、多額の蓄財を推測させたのだ。

「かりにも一城の主(あるじ)たるものが贅沢のひとつもせず、爪に火をともして小金を蓄えるとは情けない。治部少とは、そういう尻の穴の小さな男であったよ」

「まあ、さっきから尻のことばかり……」

と小助が顔をしかめる。

望月がふいに顔を起こして、才蔵のほうに鼻面を近づけ、

「そういえば、屁に火をともす忍者がいると聞いたが、まことか？」

「ああ、それなら名張の藤助のことだな。見たことはないが、闇のなかで屁を燃やして目晦ましに使う芸を持っていたそうだ。もっとも、敵はひどい臭いのほうにくらくらしていたというが」

「ほほう、なるほど。やはり屁は燃えるのか」

望月は得心すると、囲炉裏に眼をもどして、また炎を見つめる。


「とにかくだ」

と清海入道が膝を叩いた。

「その蓄えとやらは水の手の底に埋めたというが、いくら掘り返しても出てこぬ。明日もだめなら、わしは山を降りるぞ」

水の手とは、城郭内につくられた貯水池のことである。飲み水の確保は城兵の死活に関わる大事であり、とくに水源の乏しい山城では壁や櫓を築いて貯水池を守り、これを水の手曲輪といった。

佐和山城の水の手は、二ノ丸の北西の谷にあった。そこに隠されているはずの金銀を探すために、佐助たちは野伏りを追い出したのである。

「水の手の底に埋めるというのは、あくまで治部少輔の指図。火急の折、そのとおりに実行され

たとはかぎるまい。本丸の近くに千貫井という、大きな井戸があるらしい。どうだ、明日はそちらを調べてみないか」

と海野が仲間を見まわし、それから甚八に眼をむけた。

甚八はいったん水に入れば、残りの九人が束になっても敵(かな)わないほどの水練の達者である。谷間の水の手はすでに干上がっていたが、井戸はおそらく涸(か)れていない。

「それじゃあ、明日、二人にはそっちにいってもらおうかな」

と佐助が、海野と甚八にいった。

鎌之助がそのようすを見ながら首をかしげて、

「ならば、わしもそちらに。いや、やはり水の手のほうにいくか……」

「おい、鎌之助。おまえ、金銀のほかにも、なにか目当てがあるな」

清海入道がじろりと鎌之助を睨(にら)んだ。

「目当て?　いや、ほかにめぼしいものがあるなら教えてほしいぐらいだ。このままではまったくの骨折り損になりかねん」

「こやつ、とぼけおって。正直にいわねばどうなるか、思い知らせてやろう」

清海入道の声とともに、伊三入道の手がとなりの甚八のうえを越して、鎌之助の首根にのびてきた。

「わかった、いう。正直にいうから、伊三をとめてくれ」

鎌之助が慌てて手を振り、巨大なてのひらのしたで首を竦(すく)める。

「手間をかけさせおって」

清海入道が弟の腰骨のあたりを肘で小突いた。すると、伊三入道の動きがぴたりととまり、ゆっくりと腕を引きもどして、また岩山のように動かなくなった。

「密書だ。治部少輔と山城守のかわした密書が、金銀とともに埋められているはずなのだ」

と鎌之助がいった。

「山城守というのは、上杉の家来の直江のことか」

「そうだ、直江兼続だ。直江は治部少輔と結んで、会津と大坂で徳川を挟み撃ちにする計画を練っていた」

「その話なら、おれも聞いたことがある」

と佐助がうなずく。

「じつをいえば、わしは金銀なんぞよいから、この密書を手に入れて、米沢三十万石をからかってやろうと思っていた」

鎌之助はこそばゆそうに指先で頬を掻いた。

「おい、密書と金銀を一緒に埋めたというのは、たしかな話か」

と才蔵が訊いた。

「ああ、間違いない。どこに埋められたにせよ、密書と金銀は一緒のはずだ」

「それならしかたがない、明日にでもここを引き払おう」

「なぜだ、諦めるのか」

「いや、密書も金銀も、九分九厘、掘り出されたあとだ」

「どうして、そんなことがわかる？」

「たぶん井伊がこの城に入って、まもなく見つけたのだろう」

「だから、どうしてそれがわかるのだ」

「関ヶ原からこっちの上杉の平身低頭ぶりを考えてみろ。会津百二十万石から米沢三十万石に国替えされても、くすりともいわん。あれはよほどの弱味を徳川に握られているのさ。直江自身、さきの大坂の戦でも、徳川にこきつかわれて駆けずりまわっていたしな」

「なるほど、いわれてみれば……」

と鎌之助が額をさすり、ぽんと叩いた。

「治部少輔の隠し金、五分五分ぐらいには見込みがあると思ったが、一緒に埋めた密書がすでに徳川の手のなかなら、金銀もまとめて掘り返されたと見るしかないな」

「とすると、野伏りたちには可哀相なことをしたな。せめて掃除でもしていくか」

佐助が汚れた筵を見まわして、苦笑まじりにいった。

ふいに筧十蔵が身体を起こして、屋根裏を見あげた。と同時に、ばらばらと大粒の雨が屋根を打つような音がした。

いや、むしろ雹のように硬く響いてくる。と思うと、いきなり屋根を突き破って、矢が飛んできた。

「なんじゃ、こりゃ」

囲炉裏に突き立った矢を眺めて、甚八が呻いた。

「野伏りどもが、砦を取り返しにきたか」

と鎌之助が眉根を寄せる。

「いや、それにしては人数が多いようだ」

海野がいうと、甚八がうなずいて、

「野伏りは得物を捨てて逃げた。どこかで弓矢を手に入れてきたとしても、これほど派手に射つづけることはできまい。これは半端ではない矢の数だぞ」

話しているあいだにも、つぎつぎに矢が降ってくる。佐助は首筋のあたりに飛んできた矢を寸前でつかみとめ、ぽきりと折って放り捨てた。となりで十蔵が立って、矢の降ってこない片隅にいき、また鉄砲の手入れをはじめる。

「ならば、だれの仕業だ」

と清海入道が鼻息を吐いた。その小さな身体に、いつのまにか伊三入道の巨軀が覆いかぶさっている。伊三入道は鎖帷子を着込んでいるらしく、背中に落ちた矢ががちっと音を立てて弾け飛んだ。

「あら、いつのまにか夕焼け……」

小助が顎に指を添えて、破れだらけになった屋根裏を見あげる。流れるように白くなめらかな首筋に、となりの海野が思わず見とれた。

「おい、いったいどうなっておる。だれかこたえろ。佐助はどうだ？　才蔵はわからんのか？」

清海入道がわめき散らすが、二人はさあなと首をかしげる。

「ここで言い合っているより、見にいくのが早かろう」

と海野がいって、鎌之助に顎をしゃくった。

「この山に連れてきたのは、おまえだ。おまえが責任を持って見てこい」

「ふう、やむを得まい……」

鎌之助がため息をついて立ちあがった。

「ついでに、おまえの弁口で追い返してこい。だれの仕業にせよ、まさか言葉の通じぬ相手でもあるまいて」

と甚八がいう。

「何度いえばわかる。わしは談判が苦手だ」

鎌之助は戸口までいくと、片脇に重ね積んであった陣笠（じんがさ）から、鉄板を使った丈夫そうなものを選んで頭にかぶり、両手にもひとつずつ盾のように持ち、もう一度ふうとため息をついて、おもてに出ていった。

「やっ、もしや、わしの出番か」

望月がふいに顔を起こして、膝先の矢をまじまじと眺めた。この男は矢を避（よ）けもかわしもしていない。となりの才蔵が、望月に刺さりそうな矢はすべて払いのけてやっているのだ。

「いや、大丈夫だ。まだそこまで大ごとと決まったわけじゃない」

と佐助がなだめる。

「そうか……」

望月が呟いて、膝先の矢を抜くと、二つに折って囲炉裏の火にくべた。矢羽がちりちりと燃えるのを、ひどく真剣な眼つきで見つめている。

突然、屋根を打つ矢の音がやんだ。しんと静まった陣屋のなかに、鎌之助の声が響いてきた。櫓に登って談判をはじめたらしい。なにをいっているかは聞き取れず、相手が何者かもわからないが、なかなかに熱心な話しぶりのようだ。

だがまた屋根が鳴りだした。さっきより激しく、まるで嵐である。九人のまわりにも、つぎつぎに矢が突き立っていく。

「だから、談判は苦手だといったのだ」

出入口の筵をはねあげて、鎌之助が入ってきた。

「おい、これはだれの仕業だ」

と清海入道が問いただす。

「井伊の連中だ。赤備えが、ごっそりと押しかけてきている」

鎌之助は陣笠をかぶったまま、囲炉裏端にどすんと腰をおろした。

「井伊がなにしにきた」

「そりゃ、野伏りを退治にきたのだろう」

「そんなもの、ここにはおらぬぞ」

「わしもそういったさ。野伏りなら、われらが追い出した。ここはまた、ムジナも棲まぬ荒れ山にもどったぞ、と」

「それで？」

「で、赤備えの連中が、おまえたちは何者だと訊くから、ひと口ではいえんが、まあ旅仲間みたいなものだとこたえた。すると、旅人がなぜ野伏りを追い払ったかと訊く」

鎌之助は陣笠に当たって落ちた矢を拾うと、ぼきぼきに折って囲炉裏に投げこんだ。

「こっちにはこっちの都合がある、野伏りを追い払ってなにが悪い、とわしは言い返してやった。するとこんどは、ならば事情は訊かぬが、すみやかに砦を立ち去れというのだ」

「むっ、小生意気なやつらだな」

「わしもそう思ったから、おまえらの指図を受けるか、ばかめといってやった。すると、いきなり矢を射かけてきた。小生意気なうえに、凶暴なやつらだ」

「で、相手は何人ほどだ」

と甚八が訊いた。

「ざっと三百はいるな。城下のありさまを見かねて、井伊も野伏り退治に本腰を入れてきたらしい。堀切のまえの草を薙ぎ払って、合戦なみの陣立てをしている。弓組のうしろには、鉄砲隊も控えていた」

「ふむ、三百か」

と海野が口髭をつまんで、

「こちらは十人。多勢に無勢だな」

「まあ、いつものことだ」

と佐助が瓢の酒を呷る。

「よし、わしが一喝してきてやろう」

清海入道がむくりと立ちあがった。それでも坐っている伊三入道より、はるかに背が低いが、とにかく態度は大きい。

「いや、それでは話がこじれるだけだ。こんどは、わしがいこう」

甚八がいいながら腰をあげた。鎌之助の陣笠をもぎ取って、目深にかぶると、すたすたと陣屋を出ていく。

「はて、わしの出番ではないのか」

望月がまた顔を起こして、だれにともなく訊いた。

「よしよし、大丈夫だ」

と鎌之助が背中をさする。

佐助は才蔵のほうを見て、口の動きでどうするかと尋ねたが、才蔵はにんまりするだけだった。片隅では、十蔵がみなに背をむけて、鉄砲の手入れをつづけている。

ふと屋根が静かになった。ところが、ひと息つくまもなく、ふたたび豪雨が襲ってきた。九人のまわりにも、まさしく雨あられと矢が降りそそぐ。

「これじゃ、野伏りがもどってきても、雨漏りの修繕がたいへんだな」

と佐助は顔をしかめた。

「いかん、本当に話のわからん連中だ」

しばらくして、甚八が首を振りながらもどってきた。

「われらは砦にとどまるつもりはない、明日には立ち去るというのに、むこうはいますぐ出ていけと、おなじことを繰り返すばかりだ。しかも、こちらが砦から出れば、一網打尽にする気でいるのは見え透いている。いいかげん鬱陶しくなって、井伊の手勢は融通の利かぬバカ備えかと腐してやったら、たちまちこのありさまだ」

「厄介だな。骨折り損のうえに、ひと戦せねばならんか」

と海野が嘆息する。

「連中、これまでは用心して遠巻きに矢を射ていたが、こちらが小人数で手むかいもせぬと見れば、いよいよ堀切を越えて攻め寄せてくるぞ」

と甚八がいった。

「ならば、それこそ望月の出番ではないか」

と鎌之助が首を伸ばして、佐助と才蔵の顔を見くらべた。佐助は諦めたようにうなずき、才蔵はやはりにんまりしている。

甚八がぽんと望月の背中を叩いた。

「おお、出番か」

望月が眼を輝かせた。手近な矢をつかんで床から引き抜くと、こんどは折らずに囲炉裏の火を矢羽に移す。ちりちりと小さな炎と煙をあげる矢を握って立ちあがり、出入口にむかった。一歩おもてに出ると、前屈みになって、矢羽の炎を地面に近づける。

ぱっと火花が散って、灼熱色の小さな塊が地面を走りだした。まっすぐ柵のほうにむかい、羽目板と地面のわずかな隙間をくぐり抜けて、さらに堀切へと走る。その切り立った斜面を降り終えたとき、凄まじい爆音がとどろき、同時に山が揺れた。

陣屋も床が波打ち、佐助たちの身体が上下して、囲炉裏から灰が舞いあがった。壁がびりびりと震え、出入口の筵がはずれてぱらりと落ちる。屋根の破れ穴から砂や土塊が降りそそぎ、きな臭い煙が流れこんできた。

やがて爆音と揺れ、風と粉塵がおさまると、望月は櫓に登って、あたりを見まわした。堀切や尾根道の残骸に眼を凝らし、昨夜のうちに仕掛けておいた火薬の効果をつぶさに観察する。

闇に呑まれるまえの夕焼けがにじんで地面が朱に染まり、そこにひときわ色濃く赤備えの具足が点々と散っていた。

陣屋にもどると、望月はむっつりと囲炉裏端に腰をおろした。

「どうだ、木端侍がまことの木端のごとく吹っ飛んだか」

と清海入道が身を乗り出す。海野や鎌之助、甚八も、望月の表情を眺めている。

望月が小首をかしげた。

「あの火薬は威力がありすぎる。使い道を考えねばならんな」

「それでどうなのだ、木端侍どもは」

「……」

「おい、望月、赤備えの連中はどうなった」

「赤備え？　あと百人は吹き飛ばせたろう」

望月が眉根を寄せて、血を吐くようにいった。

「火薬を無駄にした」


翌朝、十人は砦を出た。

陣屋に貯めこまれていた米や味噌（みそ）、野菜や干魚で、たっぷりと食事をとり、ついでに金品を袋に詰めて、せめてもの土産にしている。

柵を出ると、はじめは道の残骸もなかった。変わり果てた景色を眺めて、崩れた斜面をくだり、ようやく草深い道に入る。井伊家の討伐隊が行軍したせいで、道がずいぶん歩きやすくなっているのが、皮肉なようでもあり、哀れなようでもあった。

だがそんなわずかな感慨も、三ノ丸跡のあたりまでくると、朝靄（あさもや）のようにすうっと消えた。前方の緑の繁（しげ）みのさきに、赤い影がちらついている。

「井伊の援軍か」

と佐助は足をとめた。かたわらの木の幹に手をかけるなり、するすると枝葉も揺らさず登っていく。

「昨日の連中が帰らなかったからな。まさか全滅したとは思うまいが、苦戦しているものと見たのだろう」

と鎌之助は顎をさすった。

「ならば、そやつらも踏み潰していけばよい」

と清海入道がいう。その声が鎌之助の頭より高く響いたのは、清海入道が弟の肩に腰かけて、ふんぞり返っているからだ。

「二十人ばかりだな」

木の梢から、佐助が囁くように呼びかけた。

「援軍にしては少ない、が、伝令にしては多い。物見にでもきたか」

と海野が口髭をつまむ。

「それぐらいの人数なら、ことを荒立てずとも、話せば通してくれるのではないか」

と甚八がいった。

「いや、おまえの恰好では、逃げてきた野伏りと間違われて、またぞろ矢を射かけられるのがおちだ」

と鎌之助が粗衣に顎をしゃくる。

「そうか?」

甚八は首をかしげて、帯がわりに結んでいる荒縄に指をかけ、ぐっとしごいた。

「だから、もうすこし衣装にかまえというのだ。わしは大名と間違われることがあっても、野伏りに見損じられることなど決してないぞ」

と海野が長羽織の裾を揺らして見せる。

佐助は木の幹を滑り降りてくると、

「小人数で、罠を張っているようすもない。となれば、こっちが道を譲ってやるいわれもないわけだ」

十人がそのまま進んでいくと、まもなく行く手に朱色の具足の一団が見えてきた。当然、むこうもこちらが見えている。赤備えの将兵が歩調を緩め、いっせいに臨戦態勢を取った。

佐助は小さくうしろに手振りして、ひとり足早にまえに出ると、

「われらは旅の者。わけあってこの山に入ったが、見てのとおりいま出ていくところだ。このまま通してもらいたい」

すると、一団の先頭にいた武将が、やはりひとり進み出てきて、佐助のまえに立った。

「猿飛殿とお見受けするが」

と用心深くいった。

「おや、彦根に知り合いがいたかな」

佐助は眼をぱちくりさせた。

「われらは、井伊の家中にはござらぬ」

「では、どちらの？」

「猿飛殿に相違ござらぬな」

「それは渾名だ。上月佐助という」

「これはご無礼をいたした。では、上月殿に申しあげる。われらは真田家中の者」

「真田？　西か、東か」

甲斐武田の遺臣であり信濃の雄として名を馳せた、真田昌幸、その一族の流れはいま二手に分かれている。長男の信之が徳川家に仕え、次男の信繁は豊臣方に与したのだ。

「西」

と武将がこたえた。

佐助はこくりとうなずいて、

「なるほど。で、西の真田殿が、われらになにか用でもあるのかな」

「そのことを申しあげるまえに、それがしも手勢を控えさせますゆえ、そちらも鉄砲の狙いをはずしていただきたい」

と武将が頬を強張らせた。十蔵の構える鉄砲の狙いが、武将の眉間にぴたりと据えられている。

十蔵の鉄砲は火縄を使わない。引き金から連動する火挟みの部分に、火縄のかわりに火打石が取りつけられ、これによって火薬に着火する仕組みになっている。おなじころ西洋で発明された燧発式銃に似たものを、この男は独自に工夫したのだ。

武将が手を振って号令すると、背後の部隊が攻撃の構えをといた。

佐助も合図して、十蔵が銃口をさげる。

武将が短く息をつき、表情をあらためた。

「主君が、上月殿と御一党のかたがたを宴にお招きしたいと申しております。陣屋にての粗宴とあいなりますが、なにとぞお受けくださいますように」

「宴か。それはかたじけないが、おれの一存では決めかねるのだ」

と佐助はいって、仲間を振り返り、

「おい、大坂の真田殿が、おれたちに馳走してくれるそうだ。どうする、ありがたく伺うか」

「ほほう、こやつらは、真田の赤備えか。どうりで井伊の木端侍どもよりは、さまになっておる」

清海入道が弟の肩のうえで、ぽんと手を打った。

武田家中の赤備えは、甲山の猛虎といわれた飯富虎昌にはじまる。そもそも朱色は武勇の証として下賜される名誉な色であり、虎昌はこの色を一軍に用いることを許されて、その名誉にふさわしい軍功を立てた。

武田氏の滅亡後、甲斐は徳川家康により平定され、井伊直政が遺臣を配下に加えて、赤備えも受け継いだ。直政もあまたの合戦で武勇をしめし、その軍勢は井伊の赤鬼と恐れられた。だが武田の遺風が薄まるにつれて、井伊の赤備えは朱色が派手になったといわれていた。実際に色合いも多少は変化したが、なにより身に着ける者の気構えが変わったのだ。

一方、真田家が赤備えを組んだのは、昨冬の大坂の陣での信繁がはじめてだった。にもかかわらず、国許から呼び寄せた将兵をまじえた軍勢は、武田の赤備えの伝統に恥じない、みごとな戦いぶりを見せたのである。

海野や鎌之助、甚八たちが顔を見合わせて、

「佐助がその気なら、わしらはかまわんぞ」

こういうとき、伊三入道や十蔵、望月はめったに意見をいわない。

「才蔵と小助は、どうだ？」

と佐助がたしかめた。

「大坂見物か。まあいいさ」

と才蔵がこたえる。そのわきに、小助がぴったりと寄り添っている。

「こら、佐助、どうしてわしには訊かぬ」

清海入道が皺寄る口を尖らせた。

「入道は、とっくにその気だろう」

佐助は笑って、武将にむきなおり、

「いこう」

「では、お急ぎ願おう。じつのところ、井伊の赤備えも間近に迫っておりますのでな」

武将がにわかに厳しい顔つきでいった。

鐘銘の呪い

大坂城の三ノ丸はごった返していた。

諸国から掻き集められた浪人たち。その息と汗、おめき声と高笑い、自慢話と喧嘩。あたりに散らばる、酒徳利と欠け茶碗、反吐と立小便、さいころと鐚銭、娼婦と茣蓙。さまざまな臭気や騒音が煮え立つ泡となり、ぶくぶくと絶え間なくはじけている。

真田左衛門佐信繁の屋敷は、そんな地獄の釜の底にあった。

大坂に入城した浪人のなかでも、真田といえば三人衆や五人衆に数えられる大物だが、それにしてはみすぼらしい建物だった。佐和山の野伏りのねぐらほどではないが、せいぜい仮設の陣屋といったところ。本丸に居坐る譜代の家臣たちの暮らしぶりとは、雲泥の差である。とはいえ下には下があって、うぞうむぞうの浪人たちは、それこそ掘立小屋に住んでいる。

故太閤の威光がまだ眩しい輝きを残していたころには、三ノ丸は豪奢な屋敷で埋めつくされていた。諸大名が豊臣家への忠誠のあかしとして、ここに妻子を住まわせたからである。いわゆる人質だが、その暮らしぶりはおのずと太閤好みの派手なものになった。天守を頂点として三ノ丸の屋敷の屋根まで金箔瓦が連綿ときらめくさまは、まさに黄金の城を思わせた。

だがそれも関ヶ原の合戦までだった。まず東軍につくと決めて、人質を脱出させた大名がいる。つぎに西軍として戦い、没落した大名がいる。おしまいに、どうにか生きのびた大名たちも、ほとんどが豊臣家に見切りをつけて、大坂から屋敷を引き払ってしまったのだ。

こうしてにわかに人影が消え去り、三ノ丸は壮大な廃墟と化した。

そこにふたたび人馬や物資がなだれこんだのは、昨冬の大坂の陣のまえだった。徳川幕府との決戦に備えて、豊臣家が手当たりしだいに浪人を召し抱えたのだ。その人数はおよそ十万にのぼり、さすがの三ノ丸からも溢れ出るほどだった。

もっとも、かつてここに屋敷を構えていた大名たちは、だれひとりもどってこなかった。浪人とちがい、天下の形勢の逆転に望みをかける必要がなかったからだ。そして大名たちの読みどおり、豊臣は負けた。徳川二十万の軍勢に包囲されて、浪人衆の奮戦もむなしく、和睦とは名ばかりの不利な停戦に応じたのだ。

だが大坂城が本当に攻められたのは、じつのところ停戦後だった。

豊臣秀吉は大坂城の普請に際して、三ノ丸の外側に広大な惣構をめぐらし、東西北の三方を川と堀、南を惣堀と呼ばれる堅牢な空堀で守り固めた。城攻めの名人が、決して落とされない城をつくりあげたのだ。実際、冬の陣で豊臣方は惣構のなかに陣を張り、惣堀は徳川の大軍を一兵たりと通さなかった。

家康は和睦をすませると、いち早くこの惣堀を埋めて、大坂城への攻め口をつくり、さらに皮を剝ぐように三ノ丸、二ノ丸の曲輪と堀を破壊した。力ずくで二ノ丸まで攻め入ろうとすれば、多大な犠牲をしいられただろう。じつに要領よく、堅守を切り崩したのだ。難攻不落の巨城は抗うことなく、本丸を残すばかりの哀れな姿に成り果てた。

だがむろんこれで終わりではなかった。家康はやすまず追い打ちをかけた。豊臣秀頼に大坂を明け渡して他国に移り、一介の大名として徳川家に臣従するよう求めたのである。

秀頼と麾下の武将は、徳川との再度の決戦を覚悟した。昨冬に召し抱えた浪人に加えて、あらたに将兵を募り、さらに曲輪や堀の復旧工事をはじめた。

佐助たちが訪れたのは、この破壊の傷痕も生々しい修造なかばの三ノ丸だった。だからその景色に往時はもとより半年前の面影もなく、大物浪人たちの屋敷が貧相きわまるのも、当然といえば当然ではあった。

「そこで、そなたらの力を借りたい」

と真田幸村がいった。本名は信繁だが、関ヶ原の敗戦後に配流されていた九度山で父の昌幸が他界したあと、出家して好白と名乗り、昨冬に還俗して大坂に帰参したとき、亡父の偏諱をもらい受けて、幸村と名乗ることにしたという。

「われらに、豊臣に仕えろといわれるか。それとも、真田の家来になれと?」

佐助は気のないようすで首をかしげた。

「いや、そなたらが仕事を請け負うだけで、仕官をせぬことは聞いている。腕利きぞろいだが、忠義や忠節とは無縁の者たちであるともな」

「われらはいたって無欲で、立身出世などは望みません。ほどほどに稼いで、気ままに暮らせればよいのです」

「しかし、ときに金蔵を空にして去るという」

「それはまあ、働きに見合っただけはいただきます」

「つまり、そなたらにとっては黄金が主君。出どころがどうなろうと、知ったことではないわけだ」

「そういわれると身も蓋もないが、ちがいありませんな」

「うむ、噂どおりの男たちらしい」

と幸村がうなずいた。

だが佐助はまた首をかしげて、

「真田殿は噂とちがい、ひどく不用心なかたですな」

「はて、なんのことか」

「こうしてわれらを呼び寄せたはよいが、すでに東軍に雇われていたならどうされる。これさいわいと、御首級を頂戴してまいるやもしれませんぞ」

すると、たちまち広間が殺気に囲まれた。佐助たちの背後の廊下はもちろん、左右の襖の陰にも、ずらりと郎党が控えているようだ。さらに正面の幸村の奥の壁には隠し戸があり、その奥からも刺すような気配がにじみだしてくる。

ところが、幸村はひとり平然としていた。

「わしはまずそなたひとりと会おうとしたが、そなたは仲間を同席させるといった。そなたが刺客であれば、この機を逃さず、ひとりで対面して、さっとわしを殺めたであろう」

「なるほど、道理」

と佐助はうなずいた。

幸村は宴のまえに、佐助だけを書院に呼ぼうとした。だが佐助はそれを断り、こうして仲間八人と一緒に広間で幸村と面会している。ちなみに一人少ないのは、佐和山から大坂にくる途中、才蔵がぷいと姿をくらましたからである。

ともあれ驚いたのは、幸村が小姓もともなわず、ひとりであらわれたことだった。郎党たちが広間を囲んで警戒しているのも、幸村の指図ではないらしい。

さらに驚くのは、幸村が佐助たちに武器を持たせたままにしていることだった。おかげで、根津甚八は小刀を出して足の肉刺を削っているし、筧十蔵は広間の端のほうで鉄砲の手入れをしている。

幸村はともかく、郎党たちは自分の寿命が縮む思いでひやひやしているにちがいない。

——九度山を覗きにいったときには……。

と佐助は眉をひそめた。さしたる男にも見えなかったが、こいつは見損じた。いや、見損じさせられたな。

かれこれ三年前のことになるが、あのころ幸村は髭に白いものがまじり、ひまがあれば焼酎を呷っていた。家臣への手紙にも、折を見て取りにいくから焼酎の壺の口をしっかり塞いでおけとか、余分があったらもっとこちらによこせとか、そんなことばかり書いていたのだ。

ところが、いま幸村は髪も髭も黒々として、眸は深い光をたたえ、ゆったりと気迫をにじませている。

「では、伺いましょう。真田殿にはわれらを雇い、なにをさせるおつもりか」

と佐助は声音をあらためた。

「されば、むこう半年のあいだに徳川が大坂に攻めくることは疑いないが、そなたらにはこの時期を遅らせてもらいたい」

「ほう、これはまた難題ですな」

「半年、できれば一年のあいだ、徳川を関東に足止めさせたい。それだけあれば、こちらも相応の戦支度ができる」

「裏返せば、いまは勝ち目が薄いということですか」

「訊くまでもない。そのことは、そなたらもとうに存じておろう」

「はっは、これは……」

そこまではっきりいわれては、佐助も苦笑するしかない。

秀吉が城攻めの名人であるのにたいして、家康は野戦の名手として知られている。大坂城の守りを固めなおさないかぎり、豊臣は野戦で徳川を迎え撃つほかないが、そうなればたしかに勝ち目はほとんどなかった。

たとえ浪人の寄せ集めでも、籠城戦なら昨冬のようにしぶとい戦いができる。だが野戦になれば、人数や結束のちがいが、そのままものをいうようになる。それらの面で豊臣と徳川のどちらが有利であるかは、いまさら考えるまでもないのだ。

「豊臣が徳川に匹敵する態勢をととのえるは、もはや至難。そして見てのとおり、いまの二ノ丸、三ノ丸のありさまでは、野戦の敗北が、本丸の落城に直結する」

と幸村がいった。

「腹蔵なく話してもらうのはありがたいが、聞こえてくるのは不吉な話ばかりですな」

「だからこそ、せめて半年の猶予が必要なのだ。そなたらであれば、できぬことではあるまい」

「さあ、どうでしょう」

と佐助は振り返って、仲間の顔を見まわした。

三好清海入道は腕組みしてそっぽをむき、伊三入道は岩のように無表情。海野六郎は退屈そうに口髭をつまみ、望月六郎は火薬の調合が書いてあるらしい紙切れを熱心に読んでいる。甚八はあいかわらず足の肉刺を削り、十蔵は鉄砲の手入れ。穴山小助は才蔵がいないせいですねたような顔をしている。

由利鎌之助だけが、佐助と眼が合うと、それとなく顎先を横に揺らした。

佐助はさもありなんという表情を浮かべて、幸村にむきなおると、

「できるできないはべつにして、仲間はみな気乗りせぬようです」

「はて、怖気(おじけ)づいたようにも見えぬが」

「怖いのではなく、つまらぬのです」

「つまらぬ？」

「われらはいささか酔狂なところがあって、あえて負け戦に合力することもあります。まもなくはじまるだろう合戦にしても、天下をかけて東西で争うのなら、不利なほうに加担するのも一興でしょう。けれども、これは覇権ではなく、ただ豊臣家を守るためだけの戦いだ。どこをどう眺めても、面白味の欠片もない」

「もとより、そなたらには豊臣家の命運など知ったことではあるまい。しかし、この城の金蔵にはいまなお莫大な金銀が積まれている。どうだ、そう聞いてもつまらぬか」

佐助はもう一度仲間を振り返ったが、みなの態度は変わらない。

「ようやく耳寄りな話を聞けましたが、それでもやはり気乗りはしませんな。昨冬来のていたらくを見るかぎり、豊臣家にはもはや守るだけの価値がない。天下のためを思えば、いっそ滅んだほうがすっきりするくらいだ。ですから、そのための戦になど嘘でも首を突っこむ気にはなりません」

「嘘でも、な」

「それより真田殿が大坂城を乗っ取るとでもいわれるなら、われらも喜んで手をお貸しいたしますが」

「戯言はよい」

幸村の眼光が、ふいに鋭く佐助を刺した。

「仲間の思案はどうにせよ、そなたはこたびの戦に発端から深く関わっている。いや、それどころかこの戦に一半の責めがある。どうだ、相違あるまい」

「もしや、方広寺の鐘銘のことですか」

と佐助は渋い顔をした。

「むろん余の儀ではない」

「その話、だれに聞かれました？」

「大野修理（大野治長）に。されど、話の出もとは片桐市正（片桐且元）と聞いている」

「……」

「市正はそなたにそそのかされて、銘文に家康を呪詛する言葉を織りこんだそうな」

「いや、それはとんだ言いがかりだ」

と佐助がいったとき、突如、広間に爆音がとどろいた。耳を聾する響きとともに、びりびりと床や天井が震え、鼻を突く火薬のにおいが広がる。

一瞬の空白のあと、ばたばたと左右の襖が開き、奥の壁の隠し戸や、背後の廊下からも、つぎつぎに郎党が躍りこんできた。

幸村もさすがに眼を瞠り、頬を硬くしている。

だが佐助は慌てるふうもなく、振りむきながら声をかけた。

「どうした、十蔵？」

「むこうの屋根の陰から、千里鏡でこちらを覗いている男がいた」

と筧十蔵が屋外にむけた銃口をおろした。

「千里鏡？　ああ、先年、南蛮人が大御所に献上したとかいうやつか」

たしか英吉利(エゲレス)の商人が鉄砲や洋弓などとあわせて献じたもので、そちらの国でも発明されたばかりの遠見のための道具だという。それをさっそく模造して使っているということは、徳川がもぐりこませた伊賀(いが)か甲賀(こうが)あたりの間者だろう。

「で、その男はどうなった」

佐助が訊くと、十蔵はひょいと片眉をあげただけで、また鉄砲の手入れをはじめた。

十蔵は鉄砲のほかにも銃弾や火薬に工夫を凝らし、これをひとつにまとめた弾薬包というものをつくっていた。間者がなにを覗き見していたにせよ、最後に眼にしたのは、一挙動で弾込めされて、いきなり火を噴く銃口だったにちがいない。

佐助は正面にむきなおると、血相変えて身構える郎党たちをぐるりと見まわし、声を落としていった。

「鐘銘のことには仔細(しさい)があるが、こうも大勢に立ち聞きされては、話せることも話せませんな」

「ならば、場所をあらためよう。しかし、そのまえに仔細とやらの一端を聞かせてもらいたい」

「さて、豊臣必勝の策とでもいっておきましょうか」

「けち臭いやつらめ、出し惜しみしおってからに！」

清海入道が唸(うな)りながら、がぶりと酒を呷り、となりに坐る弟に器をまわした。

黄金の茶碗である。

伊三入道はそれをつまむように持つと、ちびりと口をつけて、またとなりにまわす。

鎌之助が舌舐めずりして受け取ったが、なかは空だった。伊三入道のひと啜りは、まさしく鯨飲なのだ。

「よいではないか。黄金の茶室は、たった三畳という。それでは伊三ひとりで満杯になって、われらは呑み喰いどころか息もできまい」

鎌之助は黄金の柄杓をつかむと、黄金の釜から酒を掬って、黄金の茶碗に手酌でそそいだ。清海入道なら十人いても畳が余るが、と思いはしても、口には出さない。そのての軽口を叩いて、笑うまえに首をへし折られた男が、はたして何人いただろう。

「しかし、いかに豪勢な釜でも、直火で燗した酒はいささか味気ないな」

鎌之助はひと口呑んで、甚八に茶碗を手渡した。

「そうか？　わしには、酒はどれもおなじ味に思えるが」

甚八は焼いた雉の身を頬張ると、そのうえから酒を流しこみ、粗衣の端で茶碗の呑み口を拭って、となりの小助にまわした。

小助が顔をしかめ、呑むふりだけして、望月六郎に渡す。

「これも余興のうちだ。茶碗がひと回りしたら、あとは燗でも冷でも好きにやってくれ」

と佐助は仲間に声をかけた。

真田幸村と場所をあらためて二人で密談したあと、佐助は仲間の了解を得て、幸村に雇われると決めた。そして高額な報酬のほかに、もうひとつ条件をあげた。

「せっかく豊臣に味方するのだから、話の種に、黄金の茶室でいちど呑み喰いしてみたい」

秀吉がつくらせた黄金の茶室は、その趣向からしていかにも俗だが、俗もいきつくところまでいくと聖に近づくのか、なかに足を踏み入れると、この世のものとは思えぬ美しさに、こころを深く打たれるという。

広さは三畳で、床、壁、天井を具(そな)えた、独立した一室である。いまは大坂城の天守に据えられているが、部材を分解して容易に運ぶことができ、京都の御所や北野(きたの)大茶会でも披露された。

佐助はもちろん天守に登って、ひと騒ぎやるつもりでいたのだが、さすがにそこまで無理はとおらず、幸村が条件をつけ返してきた。

「当屋敷内にて、ひとまず茶道具を供しよう。あとは、そなたらの働きしだい」

手柄を立てるたびに床、畳、柱と部材を増やしていき、みごと役目を果たしたあかつきには、完成した茶室であらためて宴を開くという。

「なるほど、それも一興ですな」

と佐助は幸村の条件をのんだ。なにごとも思いどおりになるばかりではつまらない。

佐助たちはそういうなりゆきで、いま真田屋敷の一室に陣取り、黄金の茶碗や茶器、台子(だいす)皆具(かいぐ)を使って、酒を酌み交わしていた。

「ふむ、道具一式でざっと二十貫目はあるか。無垢(むく)の金の値でいえば、風炉(ふろ)が一番だろうが、茶釜のほうが高く売れそうな……」

と鎌之助が盗人(ぬすっと)まがいの眼つきで値踏みするあいだに、海野六郎から十蔵へと茶碗が渡り、佐助の手元にもどってきた。

「さて、それでは締め括りに、おれが」

と佐助が柄杓に手を伸ばす、そのかたわらにふわりと人影が降り立った。

「待てよ、ここに居るのを知っているくせに、つれないな」

才蔵である。異名のとおり、霧のように天井の隙間を抜けてきたようだ。

「へへっ……」

佐助は笑って、茶碗に酒を汲み、才蔵に手渡した。

才蔵はひと息に呷ると、茶碗に酒を汲みなおして佐助に返し、小助のわきに腰をおろした。

小助がすかさず才蔵に盃を渡して、いそいそと酌をする。

佐助が黄金の茶碗をかかげると、みなもいっせいに盃をかかげ、いっきに呑み干した。

「甚八、それは雉か」

と才蔵が顎をしゃくった。

「ああ、なんぞ味つけしてあってうまいぞ」

甚八が手で身をむしって、ぽいと放り投げる。

才蔵はひと口嚙んで、

「なんぞではなく、味噌漬けだ」

と可笑しげに肩を揺すり、海野の手元の小鉢に眼をむけて、

「それは？」

「黒鯛のなますだ。味はまずまずだな」

海野は身なりにもこだわるが、食べ物にもうるさい。

「なら、やめておこう。昨日、堺でうまいのを喰ったばかりだ。鎌之助、そっちはなんだ?」

「烏賊の木の芽あえ」

「それをもらおう。まわしてくれ」

と才蔵は鉢を受け取りながら、佐助に視線を流して、

「さて、どういう風の吹きまわしで、大坂に味方するはめになった?」

「去年、京で片桐市正に呼ばれたことがあったろう。あの男、東西に両色目を遣ったあげく、ついに東に転んだが、あのころはまだ西のほうに色気があった」

と佐助は串鮑の煮物をかじりながらいった。

「それはそうだ、あやつは右府（豊臣秀頼）の傅役だった。豊臣が安泰なら、重用されることは疑いない」

と鎌之助が合いの手を入れながら椀を取り、ひと口食べて舌鼓を打った。

「おっ、美味そうだな」

と清海入道が首を伸ばした。

「胡麻豆腐にころもをつけて揚げたものだ。出汁と馴染んで、なかなかにいける」

「精進か、この椀だな。やっ、伊三め、わしのぶんまで喰うてしまいおった」

「とにかく、市正は豊臣とわが身の行く末を案じて、このあたりで徳川にひと泡吹かせる手はな

いものかと、おれを呼んだわけだ」

と佐助はいった。

「ところが、腹は黒いが肝の小さな男で、おれの話を半分も聞かないうちに、できぬ、かなわぬ、と弱音を吐きはじめた。まったく、相手しているのが嫌になったが、そのくせ市正はおかしなところに喰いついてきた」

「それが方広寺の鐘銘の一件か」

と才蔵が眉をひそめた。

「そうだ。やつめ、肝心の策にはそっぽをむいて、たとえ話だけはしっかり聞いていたんだ」


佐助がこのとき片桐に語り聞かせたのは、ざっとこんなところだった。

このままでは徳川が治世を盤石にするばかりで、豊臣は日を追うごとに力を削ぎ取られ、遠からず一大名に落ちぶれるだろう。これを防ぐには、守りを固めるだけでは足りず、もはや捨て身の策を採るしかない。すなわち、いくつか下準備をしたうえで、徳川を挑発して難攻不落の大坂城を攻めさせ、無益かつ莫大な消耗をさそうのだ。

これがうまくいけば、徳川はしばらく関東から出てこられず、豊臣はその隙に畿内以西に勢力を張りなおすことができる。あとは秀頼の器量と家臣の手腕、それから家康の寿命しだいだが、当面は大坂の関白家と江戸の将軍家がならびたつ世になるだろう。

ところが、片桐は話の大半に耳を貸さず、唯一身を乗り出したのは、佐助がこういったときだった。

「たとえば挑発の仕方のひとつとして、方広寺のあらたな梵鐘の銘文に大御所を呪詛する言葉を織りこむという手もあります」

方広寺の修造は、家康が豊臣家の財政の疲弊を意図して秀頼に勧めたもので、片桐が作事奉行をつとめていた。

「うむ、鐘銘に呪詛か。それは面白い。ただし、大御所に気づかれぬようにせねばな」

と片桐は小意地の悪い笑みを浮かべたのだ。

こうして方広寺の梵鐘に刻まれたのが「国家安康」の言葉だった。

だが片桐の思惑をはずれて、この四文字は幕府の眼にとまり、豊臣と片桐自身を追いこむことになった。

「ひとを呪わば穴ふたつ、とはよくいったものだ」

佐助はいいながら、黄金の茶碗をぽいと才蔵に放り投げた。

「たとえ話のとおり、徳川を挑発してしまったわけか」

と才蔵が茶碗を受けとめて、

「だが下準備がなければ、大坂を攻める口実を与えただけだ。市正はさぞや蒼褪めただろうな」

「いくら蒼褪めても、あとの祭りさ。が、とにかくそんなわけで、この戦に一半の責めがあるといわれると、おれもまるっきりちがうとは言い難かったんだ」

「しかし、それでしぶしぶ真田に雇われたわけでもあるまい」

「むろんだ。時勢がこのままずんなり流れれば、たぶんこれがおれたちの最後の大仕事になる。だから、ここはひとつ派手に暴れて、おおいに稼ごうと思ってな」

と佐助は鼻をうごめかした。

「なるほど、大御所はいたって吝い爺さんだが、豊臣は生きのびるためなら、なりふりかまわず金をばらまく」

味方するなら西軍か、と才蔵が黄金の茶碗を人差指のさきに乗せて、くるくるとまわした。

「才蔵、行儀が悪いぞ。こら、甚八、おまえも金の柄杓を孫の手がわりに使うな」

海野があっちを見ては眉をひそめ、こっちを見ては顔をしかめる。甚八は粗衣に虱でもわいているのか、柄杓の柄で背中をぼりぼり掻いていた。

「派手に暴れるのはよいが、稼ぎは当てになるまい」

と清海入道がいった。

「ほう、どうして?」

佐助が首をかしげる。

「真田は二ノ丸や三ノ丸の話をしていたが、いまの大坂城の弱点は本丸の内側にある。総大将に足を引っ張られては、われら十人がどうあがいたところで、勝ち目がめぐってくることはないぞ」

「たしかに、いますぐ合戦がはじまれば、西軍はひとたまりもない。おれたちの稼ぎも、灰となり、煙と消える。だからこそ、大急ぎで下準備をするのさ」

「一年前ならともかく、遅きに失してはおらぬか」

「さあな。まあ、やれるだけやってみよう」

佐助がいうと、鎌之助が股座をさすりながら立ちあがり、

「話に水を差して悪いが、厠はどっちだ」

「ああ、それなら、廊下を右にいって、はじめの角をまた右、突き当たりを左だ」

「よし、右右左だな。では失敬する」

鎌之助は廊下に出て、ぶるりと背筋を震わせた。右手に歩いていくと、はじめの角のむこうから、郎党たちの憤慨する声が聞こえてきた。

「殿はなにゆえ、あのような野良犬どもを雇われるのか」

「あやつらなどおらずとも、われら赤備えが十二分に働いて見せように」

「まったくだ、まずはあやつらから叩きのめしてくれようか」

鎌之助は角を曲がると、郎党たちをなだめた。

「まあ、そういうな。世の中はどう転ぶかわからんものだ。存外、後世にはわれらこそ真田の十勇士などと呼ばれているかもしれんぞ」

郎党たちは顔を赤らめて口をつぐみ、鎌之助に背をむけて立ち去った。

「おお、いかん」

鎌之助は股座を押さえて、廊下をいそいだ。突き当たりを左に折れると、こんどは老人と出くわした。地味な身なりだが、いやに貫禄のある老人だった。咄嗟に、厠の帰りかと思ったが、ど

うやらちがったらしい。

老人はすれちがいざま、聞こえよがしに吐き捨てた。

「たわけ。なにが十勇士だ」

秘中の秘

翌朝、十人は四組にわかれて四方に散った。

勝手気ままなことでは、いずれも人後に落ちないが、やることが決まれば、ぐずぐずしているのが嫌いな連中である。

霧隠才蔵は穴山小助を連れて、大坂を発った。いったん京にのぼり、そこから駿府をめざす。淀川を船で遡るあいだ、才蔵は一度も口を開かなかった。小助もじっと黙っている。

伏見で船をおりると、才蔵は「七の三」と呟いて、いつのまにか姿を消した。

小助は洛中に入って、数軒の家や店を訪ね、七ツ（午後四時）に三条大橋のたもとに立った。と思ったときには、わきに才蔵がたたずんでいる。

二人はまた黙って歩きはじめた。ここからは東海道。駿府までおよそ八十里（約三二〇キロメートル）の道程になる。

やがて前後の人影が離れるのを見計らい、

「いっとう難しい仕事ですね」

と小助はいった。

「なぜ、そう思う」

「才蔵さまが、買って出られましたから」

「ならば、いっとう面白い仕事だろうよ」

大津宿をすぎて、膳所から瀬田川の唐橋にさしかかる。

畿内は東を伊賀の名張の横河まで、南を紀伊の兄山まで、西を播磨の明石の櫛淵まで、そして北を山城と近江の国境の逢坂山までとしている。だが近江側の実質的なはずれは、この瀬田川だった。

神功皇后のころ、香坂皇子とともに反乱を起こした忍熊皇子は、武内宿禰の軍勢に敗れて、瀬田川まで追い詰められ、ついには岸辺から身を投げた。

天智天皇の息子と弟が皇位を争った壬申の乱では、ここで最後の決戦がおこなわれ、弟の大海人皇子が勝った。敗れた息子の大友皇子は、翌日に山前という土地で首を吊った。

孝謙上皇のころ、太政大臣藤原仲麻呂は失脚を懼れて反乱を企て、発覚してやむなく都を逃れた。そして根拠地である近江の国衙をめざしたが、官軍に唐橋を押さえられて目的地にむかえず、以後は滅亡の一途をたどった。

古来、唐橋を制する者は天下を制す、といわれる所以である。

江戸や駿府から京都にのぼるには、この瀬田川の唐橋を通るか、街道を離れて琵琶湖を船で渡るしかない。もちろん京都から駿府にくだるにも、ここまでくれば唐橋を踏んでいくしかないはずだが、才蔵は橋の手前で街道をはずれて、すたすたと琵琶湖のほとりにむかった。

松林を抜けて、浜に出る。才蔵は砂を踏み、波打ちぎわにたたずんだ。小助は街道をはずれてから、ここまでなにもいわずについてきて、いまも黙って才蔵のかたわらに寄り添っている。

日が傾いていた。二人の影が浜に長々と伸びる。眺めるうちに西空が焼けはじめ、湖面を薄赤く照らした。沖をいく船の帆が追い風をはらんで、真っ白にぴいんと張り詰めている。だがその帆も見るみる朱に染まっていく。

才蔵は浜を河口のほうに歩いていき、またぶらぶらと引き返した。小助が離れず、すぐわきを歩いている。空が東のほうまで赤く燃えてきた。あざやかに輝く湖面のまえに、ふたたび二人がたたずんだ。

ふいに才蔵が小助の肩を抱いて、胸元に引き寄せた。二人の長い影がひとつに絡み合う。そのまま押し倒すように、才蔵が小助の身体（からだ）を浜に横たえた。力強く覆いかぶさる。逞（たくま）しい胸のしたで、小助が身じろぐたびに砂がきしんだ。

空と湖面が激しく燃えた。

やがて紫紺の闇がじわじわと空を染めなおし、ゆっくりと浜に降りてきた。細かくきらめいていた砂が、雨に打たれたように暗い色に変わる。いつのまにか二人の姿が消えて、さわさわと波音が静かに夕闇の底を洗っている。

「やっ！」

「どうなっている」

松林からつぎつぎに人影が飛び出し、慌ただしく浜に駆けおりた。

「いるか」

「いないぞ。どこにも見当たらん」

「そんなはずがあるか。よく探せ！」

山伏のいでたちをした五人が口々にいいながら、砂を蹴ってうろつきまわる。ざくざくと跫音が浜を騒がせた。山伏たちは眉間に皺を刻み、懸命に四方に眼を凝らしている。だが波打ちぎわで爪先まで濡らして探しても、やはり才蔵と小助の姿は見つからない。

「やむを得ぬ。街道にもどるぞ」

と年輩の山伏が仲間に指図した。

「駿府にいくなら、いずれにせよ唐橋を渡るはずだ。見張りにおいてきた二人が姿を見ているかもしれん」

「その二人とは、こいつらのことか」

山伏の間近で声がして、足元にひとが二人転がった。

「橋のたもとにぼんやり突っ立って、往来をじゃましていたから、連れてきてやったぞ」

年輩の山伏がぎょっと首を竦め、跳び退って金剛杖を構えた。ほかの山伏も杖を握りなおし、あるいは腰の護摩刀に手をかけている。

「そういきり立つな。二人とも息はある。おまえたちも殺しはせん」

才蔵はにやりと笑いかけて、いっきに年輩の山伏との間合いを詰めると、水月に当身を入れた。

と同時に、金剛杖を奪い取って、残る四人の山伏を棒杙でも打つようにたやすく叩き伏せてしまう。

松林から小助が出てきて、小首をかしげた。

「どうして生かしておいでに？　徳川の間者ではないのですか」

「いや、大坂方の手先だろう。おれたちの働きぶりを見張る、いわばお目付けだな」

「真田様は、われらを信じていないのですか」

「むろん疑っている」

と才蔵はいった。

「でなくて、佐助の話を一から十まで鵜呑（うの）みにしたり、おれたちの人相を見て怪しみもしないなら、幸村という男はとんだうつけだ」

「そういえば、みんな怪しい顔ばかり……」

と小助が思い浮かべる眼つきをして、

「もちろん、才蔵様はべつですけれど」

「それこそ一番怪しいとしたものだ」

才蔵はそっけなくいって、山伏たちのほうに顎をしゃくった。

「もっとも、この連中を送りこんだのは、幸村ではあるまい」

「というと？」

「この程度の連中では見張りにならんと、幸村ならわかっているはずだ。ほかにおれたちの働きぶりが気にかかるやつがいる」

「大野修理様あたりでしょうか」

「いい見当だな」

「すると、真田様の郎党のなかに、大野様の息のかかった者がいるということですね」

「大坂方はどこの陣所も浪人の寄せ集めだ。その気になればだれでも入りこめる。小利口な大野のことだから、五人衆の陣所には残らず手下をもぐりこませているだろう」

五人衆とは、大坂城に馳せ参じた有力な浪人、真田幸村、長宗我部盛親、後藤基次、明石全登、毛利勝永のことをいう。長宗我部は元土佐国主、後藤と明石は、それぞれ黒田如水と宇喜多秀家の重臣、毛利は豊臣家譜代で、いずれも大名かそれに匹敵する器量、力量の持ち主だった。

一方、大野治長は豊臣秀頼の生母淀殿の乳母である大蔵卿局の子で、その縁故から秀吉や秀頼の側近くに仕えて出世した。さきの冬の陣ではことあるごとに五人衆と反目して、大坂方をずるずると敗北に導いたのである。

「そんなことに使う知恵や人手があるなら、徳川のもとにむければよいのに」

と小助が眉をひそめた。

「敵よりも味方を怖がる輩はいるものだ。そして、そのての輩がえてして権力を握っている」

「あるいは、その器でないひとが権力を握ると、味方が怖くなる？」

「少しはわかってきたな。ともあれ、こんな鈍間な連中につきまとわれては目立ってしかたがない」

才蔵は年輩の山伏に活を入れて目覚めさせると、

「ここまでにしておけ。こんど姿を見たら容赦せんぞ」

静かに言い聞かせて、また鋭く当身を入れた。

「さて、いくか」

「あの、才蔵様」

小助が呼びとめて、ぽっと頬を赤らめた。足元の砂浜に眼を伏せつつ、

「さっきのつづきは……?」


夜の草津宿を才蔵たちは素通りした。

草津は平安のころからある古い町で、ちょうど町なみのなかほどに東海道と中山道の追分があり、旅人が迷わぬよう常夜燈がともされている。二人は追分を右手にとった。月明かりというほどでもない細い月が空の端に懸かっているだけだが、才蔵は暗闇でも眼が利く。小助も星の二、三十個も散らばっていれば昼のように周囲を見渡せるのだが、そんなことは素振りにも出さず才蔵に寄り添っていた。

やがて行く手に小さな集落があらわれ、沿道に一本、黒々と大木がそびえていた。近づくと梅の木とわかったが、滅多に見ないほどの老大樹である。節くれだらけの枝にやわらかな若葉がいっぱいに繁り、おぼろな月光を浴びて濡れたようにつやめいている。

「和中散」

という道中薬をつくる家が集落にあり、昼間はこの梅の木陰で旅人に売っていた。屋号を「是

斎」や「定斎」と名乗っているから、おそらく定斎薬の流れをくむのだろう。

定斎薬は明人が豊臣秀吉に処方を献じたもので、秀吉がそれを大坂の薬商につくらせて諸国に普及した。この薬商が屋号を「定斎」といった。

だが「和中散」の名は、徳川家康に由来する。

四年前、二条城で豊臣秀頼と会見した家康が、近江永原の陣屋で腹痛を起こしたとき、梅の木陰の道中薬を服すと、たちまち痛みが治まった。家康は手ずから薬研を使うほどの薬好きである。薬効を大いに讃えて、この名を授けたという。

慶長十六年(一六一一年)のことである。

「だから、ここの薬屋は徳川が栄えることを願っている。家康の威光が高まるほど、薬の値打ちもあがるからな」

才蔵はいいながら、集落の東端に近い家のくぐり戸を入った。すぐに、ぷんと鼻を突くにおいがした。

「この家も薬屋……?」

と小助はなかば独り言のように呟いた。和中散は枇杷の葉や甘草、桂枝、縮砂、辰砂など、九種ほどを調合した生薬である。

「そうだが、この家の親爺だけは徳川嫌いでな。先年の家康の腹痛のことも、うちに薬を買いにくれば毒を飼ってやったものをと悔しがっていた」

「才蔵様はそんな放言を信用なさるのですか」

「ほう、小助も疑り深くなってきたな。よいことだ」

「それにしても、さびれたお店」

「徳川嫌いが生きにくい世の中になってきているのだろう」

店ノ間はひと気がなくがらんとして、夜目にも床に埃の積もっているのがわかった。

才蔵が奥に呼びかけると、しばらくして粗末な恰好をした白髪まじりの女が出てきた。女中か、婢女か、よくわからない。いずれにせよ、奉公人はこの女のほかにいないらしい。

主人に会いたいというと、女は値踏みするようにじろじろと才蔵と小助を見まわし、隠しもせずに嫌な顔をして、ぞんざいに手を振った。追い払われたのかと思ったが、ついてこいと手招きしたようだ。

店ノ間の奥は、石臼や薬研など製薬道具をならべた部屋で、そのさきが住まいになり、女は廊下をぺたぺたといちばん奥の部屋まで歩いた。そして閉じた障子を指さすと、なにもいわずに引き返していった。

才蔵はしかたなく自分で声をかけて、障子を開いた。

「勘右衛門、いるか」

「ん？」

なにか書状のようなものを読んでいた男が、いくぶんわずらわしげに振りむいて、

「おお、才蔵か。入ってくれ」

男は五十年配で背が高く、面長の上品な顔立ちをしていた。だが痩せて眼窩や頬が落ちくぼみ、

絹物らしい着物もかなり古びてあちこち擦り切れている。

「久しいな」

と才蔵は座敷に入って腰をおろした。

「うむ、久しぶりだ」

勘右衛門がうなずいて、小助のほうに眼を配り、

「そちらは？」

「穴山小助」

と才蔵がこたえるわきに、小助が膝をついた。

「おはつにお眼にかかる」

「ほう、二代目か」

「父とお知り合いでしたか」

「二、三度、ここに訪ねてきた。陽気で腹の据わった男だった。惜しい男を失くしたな。悔みをいおう」

「いたみいります」

「しかし、娘がいるとは聞いていたが……」

と勘右衛門が首をかしげて、才蔵に眼をもどした。

「今日はなにが目当てだ」

才蔵はこたえるかわりに、勘右衛門の手元に顎をしゃくった。

「それは？」

「なに、たいしたものではない」

「隠すな」

「南禅寺の金地院に届くはずの手紙だ。崇伝に関わりがあるものかと、銀十貫で買ったが、本当にたいした中身ではなかった」

勘右衛門は顔をしかめて、手にした書状をびりびりと細かく破りはじめた。

「あっ」

と小助が思わず声を洩らす。銀十貫が小さな紙屑の山になった。

「よいのさ、あれで」

と才蔵が笑った。

「勘右衛門には幾万人にひとりという特技があってな。一度眼にしたものを書状なら一言一句、絵図なら寸分たがわず記憶できる。だから手に入れたものをすべてこうして頭に納めてしまい、だれにも横取りされんようにするのさ」

「まあ、そんなことが……」

小助がつぶらな眼を瞠って、勘右衛門の額のあたりを見つめる。

「それで、なにが目当てなのだ」

勘右衛門は照れたように額をさすり、才蔵に催促した。

「うむ、そのことだが」

才蔵がいいながら指をぱちりと鳴らすと、勘右衛門の膝先の紙屑の山がぽうっと燃えあがり、一瞬、室内を明るく照らした。同時に、才蔵は鋭く四方を見まわしたが、神経に触れるものはなかったようだ。表情をやわらげて、勘右衛門のほうにわずかに身を乗り出した。

「駿府城の見取図がほしい」

「駿府城？　本丸か」

「天守から三ノ丸まで、あるだけの図面をもらう」

「それはかまわぬが、高いぞ。わしの頭のなかにある図面のうちでも、一等の高値だ」

と勘右衛門がいった。

「江戸城より、大坂城より、京の御所よりも、高いか？」

「むろんだ。いま天下は、そこにない」

「わかった、言い値を出そう。そのかわり、すべての図面をつきあわせて一枚にまとめてもらう」

「そうしよう。が、それでも抜け落ちは多いぞ。駿府や江戸は、さすがに守りが堅い。そとからたやすく探りを入れられぬだけでなく、なかからも滅多に話が洩れてこぬのだ。大坂とちがってな」

「だろうな。まあ、できるかぎりたのむ」

才蔵がいうと、勘右衛門はふと顔をはすにむけて瞼（まぶた）を閉じた。そのままどこか遠くにいるような表情をしている。頭のなかで図面をめくっているのかもしれない。

「よし、それなら早速取りかかろう」

ぱっと眼を開いて、勘右衛門がいった。

「おぬしらは、ここに泊まっていけばよい。いま婆さんに部屋を支度させる」

「部屋はひとつで」

と小助がすかさずいって、ちらと才蔵に流し眼を送る。

才蔵は苦笑しながら、

「家にひと気がないが、奉公人はあの女ひとりか」

「奉公人はひとりもおらん。あれは、わしの女房だ」

「えっ?」

と才蔵もさすがに眼をぱちくりさせた。

「会うのははじめてだったか。なにせ、奉公人がいるあいだは、おもてに顔を出さなかったからな。しかし、いまはもう手代にも女中にも暇を出して、残っているのはわしと婆さんの二人きりだ。この店もじきにたたむことになる」

と勘右衛門はため息をついて、

「すまぬな、ひどく不愛想だったろう。客人に茶も出さず、困ったものだ。もっとも、話を聞かれては困るから、放っておいてくれということも多いのだ。とにかく、わしが稼いだら稼いだだけ遣うから、この数年はずっと機嫌が悪い」

「おまえのことだ、稼いだ以上に遣うのだろう」

と才蔵がいったとき、廊下にぺたぺたと跫音がして、障子のまえでとまった。

「あたしゃもう寝ますから、あとはそっちで勝手にしてくださいよ」

はじめて聞いた勘右衛門の女房の声は、障子にぷすぷすと穴が開くほど棘（とげ）があった。


「勘右衛門殿は、どういうかたなのですか」

ふた流れの夜具をととのえると、小助は枕辺に坐って訊いた。

「ただの薬屋さ。そもそもはな」

才蔵はもう天井を眺めて寝転んでいた。頭のしたに手を組み、膝を立てて足も組んでいる。

「とはいえ、薬屋と忍者（しのび）は切っても切れぬ仲だ。忍者が薬売りに化けることもあれば、薬売りが忍者の真似事（まねごと）をすることもある」

薬屋には忍者と知識や行動に似たところがあった。まず商売柄、人体の仕組みや急所に詳しい。そして諸国を売り歩けば、ひろく国情や世情、風土や地理に通じ、また単身で長旅を重ねるあいだには、おのずと身を守る術（すべ）も備わるだろう。なにより、薬をあつかうというのは、毒をあつかうことだ。それを人助けに使うか、人殺しに使うかは、当人のこころがけしだいである。

勘右衛門は行商人から身を起こして店を構えたが、あるときこれまで養ってきた知識と特技の組み合わせが、生薬より高く売れることに気づいた。耳で聞いた噂話（うわさ）の物覚えはひとなみだが、これはと思って眺めた景色は城郭であろうと寺社や橋、野山や田畑であろうと、正確に思い出して絵にすることができたのだ。

実際、勘右衛門の描いた絵図は高値で売れた。頭にある景色を再現するのはもちろん、たのまれて地図をつくるために旅することもあり、また大名の依頼を受けて敵対する城下町にいき、すみずみまで記憶して帰ってきたこともあった。

だが勘右衛門はやがて自分で足を運んでいくのではなく、自分のもとに金で情報を集めて、それを転売して儲（もう）けることを考えた。そして、この商売はこれまで以上に成功した。なにしろ勘右衛門の頭には日ごとに膨大な情報が集積していき、客は金さえ払えばその情報をいつでも引き出せるのだ。

「とくにはじめのころは、原本をちらっと眺めるだけで、買わずにすませたりして、ぼろ儲けしていたという。字も読むのではなく、絵のようにいっぺんに覚えてしまえるらしい。とはいえ、いまでは売る側も用心して、勘右衛門には決して下見をさせないそうだ」

と才蔵はいった。

「たしかに面白い商売ですけれど、そのようなことをして、危うくはないのですか。代金を払うかわりに脅迫や拷問で知識を得ようとするひともいるでしょうし、知られたくないことを知られてしまったひとに命を狙（ねら）われたりもするのでは？」

「そのおそれはある。が、勘右衛門も用心はしている。というのも、あの男の一番の得意客は伊賀者で、なにかと融通を利かせるかわりに、用心棒をしてもらっているのだ」

「けれど、この家にはうちにもそとにも、それらしき気配は感じられませんが」

「そうだ、護衛についているのではない。ひとつ噂を流してある。勘右衛門に手出しすれば、伊賀者四、五十人がただちに報復に動く。手をくだした者はもちろん、命じた者もかならず殺すとな。そう聞いて、寝首を掻かれる覚悟で勘右衛門に手を出す者はめったにいまい」

「そのときには、才蔵様や佐助様も動かれるのですか」

「おれたちはおれたちで、勘右衛門と長い付き合いがあるからな」

「なるほど、そうですか」

と小助は得心した。それならほかの伊賀者の噂などなくても、二人の名を聞いただけで、だれも勘右衛門に手を出そうとは思わないだろう。

「もっとも、勘右衛門は近ごろ金儲けより、秘事の蒐集そのものが面白くなっているらしい。危ないことだ」

「どうして、それが危ないと？」

「どれほどの秘事でも、売り買いや遣り取りをされるうちに、なんでもない周知の事柄になる。つまり知っていて値打ちもないが、危なくもなくなるわけだ。ところが、蒐集するばかりで、おもてに流さずおくと」

「危ないものが危ないまま、どんどん溜まっていく」

「そういうことだ」

才蔵は顎を縦に揺らすと、寝返りを打って、小助に背をむけた。

小助はすねたような眼で逞しい背中を見つめていたが、

「勘右衛門殿は、父とも知り合いだったのですね。才蔵様といっしょに、ここにきたことはありますか」

「ああ、一度あったか」

「そのときは、どんな用件で？」

「さあ、忘れたな。むかしの話だ」

「わたしも一度、父と才蔵様といっしょに、どこかを訪ねた気がするのですが、ひょっとしてここではありませんか」

「いや、それは思い違いだな」

さて、と才蔵がいって、ぱちんと指を鳴らすと、行燈の火が消え、すうっと部屋が暗くなった。

小助はしばし逡巡したが、小さく息をついて、ひとり夜具に横たわった。

早くも才蔵の寝息が聞こえている。が、本当に寝ているのかどうか、小助にはいまだにわからない。

小助は、本名を小綾という。およそ一年前、父の穴山小助が急逝して、行く当てのない身となった小綾は、才蔵の口利きで、二代目の穴山小助として、佐助たちの仲間に加わることができた。

以来、才蔵には、ほかの仲間にたいするのとはことなる思いがある。

はじめは胸に秘めていた。けれども、あまりにも気ままな仲間と過ごすうちに、隠し事をしているのがばからしくなり、いまは思いのままにふるまっている。そしておかしなことに、佐助たちはそれでやっと小助を仲間として認めたようだった。

翌朝、鳥の声に目覚めると、となりの夜具が空になっていた。

——いけない、置き去りに！

慌てて小助が飛び起きるのと、障子を開いて才蔵が入ってくるのが、ほとんど同時だった。

「もうひと睡(ねむ)りするぞ」

いいながら、才蔵がごろりと横になる。

「いま何刻ほどでしょうか」

「何刻でも、寝られるときに寝ておけ」

「はい」

「子守歌がわりに、尻を撫(な)でてやろうか」

「はい」

「素直すぎても、つまらぬものだ」

「才蔵様、いやいや」

「寝ろ」

つぎに目覚めたのは昼前だった。

奥の部屋にいくと、勘右衛門が正面においた大きな図面に上体をかぶせるようにして、いそがしく首と眼を動かしながら周囲にならべた図面と見くらべていた。

「待ってくれ。もうすこしだ」

と勘右衛門が図面を見たままいった。

「朝までにできると思ったが、そうは都合よくいかぬものだ。頭にある図面を描き起こすのはたやすいが、それぞれを照らし合わせて一枚の見取図にするのに、思いのほか手間取った」

「無理をさせたな」

才蔵はいって、部屋の隅に腰をおろした。肩が触れるほどの距離に、小助が坐る。

勘右衛門は眼だけがぎらぎらと輝き、その周囲の眼窩はどす黒く、こけた頬も血の気が失せて灰色に見えた。

「ちっ！」

勘右衛門が舌打ちして、にわかに首を振り、遠い眼をする。と思うと、指先で宙に線を描く。それから二度、筆を執ってなにか見取図に描き加え、ごしごしと額をさすって、才蔵たちのほうを振りむいた。

「………」

なにかいいかけて、やめたようだ。勘右衛門は見取図をつかむと、黙って才蔵の膝先においた。

「これはみごとだ」

才蔵は思わず唸った。記憶だけをたよりに描いたとはとうてい思えない。緻密きわまる図面である。

「いや、だめだ」

と勘右衛門が首を横に振り、疲れた声でいった。

「肝心なところがいくつも抜けておる。やはり完成には程遠い」

才蔵は片眉をあげて勘右衛門の顔色を眺め、見取図をていねいにたたんで懐におさめた。

「さて、値をいってもらおう」

「値か……」

「どうした、柄にもない遠慮をするな。これなら、いくら出しても惜しくない」

「いや、金はいらぬ。それより、わしも駿府に連れていってくれ」

「駿府に？」

「いくのだろう」

「いく」

「この眼で城を眺めたい。そこに残る抜け落ちを、どうしても埋めたくなった」

と勘右衛門が、見取図のおさまる才蔵の懐に視線をむけた。

「連れていってはやれるが、連れ帰りはできぬぞ」

「覚悟のうえだ。帰りはひとりで城を抜け出す」

「やれるか」

「これでも十年余り諸国を経巡り歩いたのだ。そのあいだには忍者まがいや盗人まがいをしたこともある。道中も足手まといにはならん」

「おれたちは、すぐに発つが」

「半刻（一時間）くれ。旅支度をする」

「わかった。ならば、おれたちはそのあいだに腹ごしらえをしよう。台所を借りるぞ」

「うむ、好きに使ってくれ」

才蔵と小助は台所にいくと、山のような汚れ物を片づけ、釜の底に残る饐えた冷や飯を捨てて、飯を炊きなおした。二人とも見かけによらず、こういうことに手際がよい。才蔵が割り竹に塗った味噌を炙り、小助が炊きたての飯を握りはじめたとき、奥の部屋のほうからぎゃっと悲鳴が響いた。

才蔵は目顔で小助を抑えて、ひとり廊下に出た。奥の部屋は障子が開け放たれている。跫音なくそこまでいくと、部屋のなかに勘右衛門が倒れていた。薬売りの装束を身に着け、裂かれた喉からだくだくと血が流れ出ている。

かたわらに女房がたたずんでいた。老けた顔が青黒く変色して、ひときわ皺が深い。白髪まじりの頭が、逆立つように乱れている。右手にきつく剃刀を握り締め、血まみれの刃から滴が落ちていた。

「金はいらん、駿府にいくだと、ふざけるんじゃないよ……」

女房が口中でぼそぼそと呟いて、突然、きっと才蔵を睨んだ。だがそのとき才蔵はすでに、女房のうしろに立っていた。脇差を抜いて、背中から心ノ臓をひと突きにする。勘右衛門のわきに女房を横たえると、台所にもどり、小助を連れて家を出た。

水口から土山と、甲賀の土を踏むあいだ、才蔵は笠を目深にさげて、口を閉ざしていた。

小助が静かにつきしたがう。沈黙は苦ではない。むしろ話しているときより、才蔵を近くに感じられる。だがそれは小助にとって、さみしいことでもある。話しはじめると、才蔵がすこしずつ遠ざかっていくように感じられるのだ。

街道の難所のひとつ、鈴鹿峠にさしかかった。八町二十七曲といわれる険しい峠道は、物騒なことでも知られている。今昔物語のころから、山賊の名所なのだ。坂上田村麻呂が女盗賊立烏帽子を捕えたのも、この道中だという。

「立烏帽子は鈴鹿御前ともいって、天女だったとも、鬼女だったともいう。一字違いで、たいそうなちがいだ」

才蔵は女の話をするとき、どこか底冷たい口ぶりになる。

鈴鹿峠を越えて、坂下の宿場町を抜けると、嘘のように道が楽になった。才蔵がふと脇道に逸れた。尾行者がいるのかと、小助は緊張した。

だが才蔵は道端の地蔵のわきに腰をおろすと、山辺の景色を見やりながら、握り飯の包みを開いた。ひとつ地蔵に供えて、自分もぱくりと頰張る。

小助は苦笑まじりに息をついた。立ったまま周囲を見まわして、

「才蔵様、見取図を拝見できませんか」

「うむ、よかろう……」

才蔵がうなずいて、懐ではなく、どこか背中のほうから図面を取り出した。

小助は見取図をひろげた。才蔵が唸るのも道理の緻密な出来だった。と同時に、たしかにところどころに空白のまま抜け落ちた箇所がある。だがそれが勘右衛門の手で埋められることはもはやない。

小助は浅く唇を噛んだ。この図面を注文することで、結果として勘右衛門に悲運をもたらしてしまったのだ。ていねいにたたんで、才蔵のわきに坐った。

「このどこかに大御所がいるわけですね……」

「うむ、どこかにな」

「目星はついているのですか」

「それなら苦労はないが」

と才蔵は見取図を受け取り、また着物の奥にしまった。

「城にしのびこんで、短くて四、五日。長ければ、半月ほども探りまわらねばなるまい」

「どれだけかかろうと、かならずや大御所を探し出して討ち取りましょう」

「いや、討ち取るのは、大御所ではない」

影武者だ、と才蔵はいった。

「影武者を討つ？」

聞き違えたかと、小助は才蔵の顔を見なおした。

「徳川には、いくつか秘事がある。家康にかねて影武者がいること。あるいはまた、家康に将としての才が欠けていること」

「えっ、大御所に？」

と小助はまた耳を疑った。

「家康には、君としての才はある。だが将としての才はない。そして、このことがあの男の覇業をこれまで遅々たるものにしてきた」

と才蔵はいった。風が吹いた。やわらかな草の葉の匂いを乗せている。才蔵はその風に鼻をむけると、どこか遠くのほうに眼を走らせた。

小助は眉をひそめた。

「なにか気になることが？」

「いや、めずらしい薬草の匂いがした。あとで摘んでいこう」

才蔵は最後の握り飯をつかんで頬張ると、おまえもいまのうちに喰っておけといった。

小助は小首をかしげたが、

「では、そのあいだに、いましがたの話のつづきを」

と握り飯の包みを出した。

「べつに小難しい話ではない。将の才とは、兵を率いて戦に勝つことだ。とにかく勝つ。ありとあらゆる手を用いて勝ちつづける。そうして、この男は負けを知らぬ、この男にしたがえば必ず勝てる、と兵に信じさせることができれば、まずは名将ということになる」

「まずは？　では、そのさきはどうなりますか」

「敵にまでそう思いこませれば、そやつは軍神になる」

「神様に？」

「生きたままな。しかし、それほどの武将はめったに世に出るものではない」

「はい、たしかに……」

死んで神にまつりあげられるものはいるが、生きてそこまで崇められるひとは少ないだろう。

「君の才とは、家臣を適所に配して、うまく使いこなすことだ。名将にも凡将にも不満を抱かせず、あの男はおれの人物や力量をわかってくれている、あの男のもとでこそおれは一番に力を発揮できる、あの男のもとで働きたい、と思わせることができれば、まあ名君といっていいだろう」

「才蔵様は名将？　それとも、名君？」

「ちゃちゃを入れるな。忍者に将も君もない」

と才蔵は言い捨てて、

「織田右府（織田信長）や豊太閤（豊臣秀吉）は、まず将としての力量をしめして部下のこころをつかみ、つぎに君としての度量をしめして家臣をまとめあげた。だが家康にはこれができなかった。君としては特異な才があったが、将としては凡庸をきわめたからだ。それこそが右府や太閤の存命中に、あの男が風下に立たされつづけた所以だ」

「けれど、家康は海道一の弓取りといわれています」

「表向きはな。しかし、実際は無類の戦下手だ。初陣こそ戦慣れした岡崎衆に盛り立てられてあざやかに勝利したが、当人が陣頭にしゃしゃり出て采配を振るようになってからは、まともに勝ったためしがない。牛久保城攻めなど、そのさいたるものだ」

永禄四年（一五六一年）四月、徳川家康（当時は松平元康）は今川氏にたいする叛逆に踏み切り、突然に三河の牛久保城を攻めた。

牛久保城は今川氏の東三河の拠点のひとつだが、当時は城主の牧野成定が西三河に派遣されており、守りが手薄な状態にあった。

家康はこの味方の隙を狙い、夜陰に乗じて裏切りの奇襲をかけたのである。

「その夜は城代も留守にしていて、守備の手勢はほんのわずかだった。そこに不意討ちを喰らわせるのだ。洟垂れ小僧に采配を振らせても、城を落とせぬはずがなかった。ところが、家康はせずもがなの指図を繰り返して、味方を右往左往させたあげく、帰ってきた城代の手勢に挟み撃ちにされて、尻尾を巻いて逃げ出した」

「あの老獪な男にも、そんなことがあったのですか」

「岡崎衆も往生して、よけいな口を挟んでくれるなと直訴したそうだ。家康も懲りて、しばらくはおとなしくしていたらしい。ところが、三方ヶ原で武田信玄をまえにして、また悪い癖が出た。家臣の反対に耳を貸さず、籠城していた浜松城から打って出たのだ。結果は知ってのとおり、惨憺たるものだった。わずか一刻（二時間）ほどで徳川勢は総崩れとなり、家康は家臣を盾にしてかろうじて死地を遁れた」

「敗走中に恐ろしさのあまり粗相したという、あれですね」

「ああ、それは武田の間者がひろめたつくり話だがな。ともあれ、家康のえらいところはこの失敗に心底懲りて、二度と采配を握らなかったことだ」

「二度と？」

「そうだ。命からがら浜松城に逃げ帰ったあと、家康はおのれのみじめな姿をそのまま絵姿に描かせた。そして以後は合戦が起きるたびに、絵姿を見てわが身の非才を噛み締め、出陣を思いとどまった。三方ヶ原の敗戦からこちら、合戦場で徳川勢を率いていたのは、家康ではない。すべて、影武者だ」

小助は眼を丸くした。才蔵の話とはいえ、にわかには信じがたい。だが才蔵たちと行動をともにしはじめてから、つきなみな出来事などひと欠片もなかったのだ。

「それが徳川の一番の秘事なのですね」

「いや、それがな」

と才蔵はにがっぽく笑った。

「巡り合わせとはおかしなものだ。家康の影武者には本物にない将の才があった。おかげで家康は海道一の弓取りと評判を取り、天下人にまで登りつめることができた。これが徳川のひた隠しにする、秘中の秘だ」

「なるほど、だから影武者を討ち取るのですか」

はたと合点して、小助は手を打った。

「佐助も珍妙なことを思いつくものだが、一理はある。影武者を殺して、本物の家康を合戦場に引きずりだし、全軍の指揮を執らせようというのだ。そうすればいまは必敗の形勢の大坂方にも、五分五分とまではいかずとも、三分ぐらいは勝ち目が見えてくる」

「あとの七分は？」

「佐助たちがなんとかするさ」

才蔵はそういうと、膝を払って立ちあがった。

「さて、薬草を摘んでくるか」

道沿いに拓かれた小さな畑のむこうに、山手のほうから街道まで杉の林が延びていた。いましがたわきを通ったときには、足元にはびこる熊笹ばかりが眼についたが、才蔵は畑の畦(あぜ)を伝ってそちらに引き返すと、すうっと木々の合間に溶けこんでいく。

小助が握り飯を食べ終えて、草鞋(わらじ)の紐(ひも)を締めなおすあいだに、才蔵はもどってきた。大野修理の手の者が諦めずにつけてきていたのかもしれない。小助はかすかな血のにおいに気づいたが、街道のほうに歩いていく才蔵のあとを黙って追った。

駿府城

関宿を経て、亀山城下に入る。

亀山城主は家康の孫の松平忠明。昨冬の大坂の戦役では美濃の諸大名を束ねて河内口に布陣し、和睦後は大坂城の惣堀の埋め立てを指揮した。

街道は城下の北端をとおるだけだが、敵地の感が強い。

「早く抜けてしまいましょう」

小助がいうと、才蔵はふふっと笑った。

「びくついてもはじまらんさ。ここからさきは桑名、名古屋、岡崎、浜松と、敵の懐に入っていくばかりだ」

とはいえ、才蔵は足を速めた。

小助は進言を聞き入れてくれたかと思ったが、ちょっとようすがちがう。亀山城下をとおり抜けても、才蔵はひと息つく素振りもない。どうやら敵地に深く踏みこんでいくことを楽しんでいるらしい。

そうなると才蔵は容赦がなかった。昼間はまだ目立たぬほどに足運びを抑えているが、夜半に

なると放たれた矢のように走る。小助が息も絶えだえに喘いでも、古縄のように足をもつれさせても、

「なんだ、そのざまは。清海の爺さんでも、これしきでは音をあげんぞ」

と冷笑するだけだ。小助はときに流れる汗に悔し涙がまじったが、それでもついていけるということは、才蔵が加減して走っているのだとわかっていた。

二人がつぎに屋根のしたで夜をすごしたのは、駿府の手前一里半の鞠子宿だった。本陣、脇本陣を合わせても旅籠が三十に足りず、夜はひっそりとした宿場である。

小助はさすがに疲れ果てたさまで、湯を浴び、食事を終えると、ものもいわずに寝てしまった。

才蔵は駿府城の見取図をひろげ、半刻（一時間）ほど入念に眺めて、行燈の灯を消した。

翌日、ひたひたと頬を叩かれて、小助は目を覚ました。はっと息を呑んだ。すぐまえに才蔵の顔があった。肩を抱かれて、なかば身体を引き起こされている。

小助は反射的に胸元に夜具を引き寄せようとしたが、つかむものがなかった。よく見ると、まわりは狭い板張りで、床も硬く、旅籠の部屋ではない。

「大きな声を出すなよ」

小助の唇のまえに人差指を立てながら、才蔵が囁いた。

「三ノ丸の侍屋敷に忍びこんだ。まわりは敵がうようよしている」

壁の高いところにある格子の入った狭い窓から、弱い光が流れこんでいた。夜が明けてまもないらしい、と思ったが、それにしては身体の感じがちがう。もっと長く睡っていた気がする。

「いまは？」

「じきに日が沈む」

「三ノ丸、とは、駿府城の？」

「あたりまえのことを訊(き)くな」

「いつのまに？」

「さあな」

と才蔵はそっけない。

ようやく夢うつつの境を抜けて、小助は身体を起こした。疲れは取れたが、まだすこし瞼(まぶた)が重い。薬で睡らされていたのかもしれない。

小助は居住まいをただして、才蔵を見つめた。

「どうしてこのようなことをなさいます。才蔵様のお役に立つためついてまいりましたのに」

「楽をさせてやって、文句をいわれるとは思わなかった」

「わたしは足手まといですか」

「だとすればなんだ。生まれたときから立って歩いていたつもりか」

「そんなことは……」

と小助は眉を曇らせた。才蔵がこれを飲めと、竹の吸筒を手渡した。うつむき気味に受け取り、ひと口飲むと、すこし苦いが、すっと瞼が軽くなった。

小助は睫毛(まつげ)を弾ませて顔を起こした。

「では、遠慮なく才蔵様の足手まといになります」

「いや、つぎは役に立て」

才蔵は膝を引いて、小助のまえに見取図をひろげた。

「ここからは、別れて動く。しっかり頭に入れておけよ」

万が一、捕まったときに、こんな図面を所持していては言い逃れができない。小助もそれはわかっている。あらためて見取図に眼を凝らし、脳裡(のうり)に刻みつけた。

「面白い噂を聞きこんだ。うまくすれば二、三日で獲物の居場所をつかめるかもしれん」

と才蔵がいった。

「噂を？　昼のあいだに、そんなことまで」

「買い物がてらにな」

「才蔵様、もしやほかにもなにか、わたしが寝ているあいだに……」

と小助は恥じ入るように頬を染めたが、才蔵はそれにかまわず、

「いまいる場所はここだ」

と見取図を指さし、それから本丸のほうに指を移していきながら、小助に役目を説明した。

「いいな、できるかぎり、ひとは殺すな。静かな騒ぎを起こせ。ひとがひそひそ声で伝え合うような騒ぎだ」

「心得ています」

才蔵はよしとうなずいて、二ノ丸の一画を指さした。

「明後日の暁七ツ（午前四時）、ここに集まる。できなければ、その翌日の暁七ツにこちらだ。それもかなわねば、それぞれ勝手に退いて、鞠子宿で落ち合うとしよう」

才蔵がさきに出ていき、残された荷物で小助は身支度をととのえた。才蔵が城下町で買いそろえた品々だった。部屋はどうやら湯殿として造作されたものが、なにかの事情で使われていないらしく、真新しいが、空き部屋に特有のきな臭いにおいが漂っていた。

小助は人目を避けて部屋を忍び出ると、夕闇に紛れて侍屋敷の裏門をくぐった。才蔵のように無造作には振る舞えないが、目立つまいとすると、かえって目立つことはわかっている。屋敷のあいだを抜けておもての道に立つと、ふたつのことに圧倒された。

ひとつは、思いのほか人通りが多かったこと。

もうひとつは、あまりにも眩しく天守が輝いていたこと。

駿府城の天守はまだ新築の香りを残していた。わずか五年前、慶長十五年（一六一〇年）に完成したばかりなのだ。

それまでの天守は火災で失われた。が、じつのところその天守も新しかった。慶長十二年に完成して、同年中に焼失したのである。侍女の不始末で大奥の蒲団部屋から火が出て、本丸御殿から天守まで焼きつくす大火となったのだった。

だが火災の翌月、家康は駿府城の再建に取りかかった。江戸城で使うはずの資材まで掻き集め、猛烈な勢いで作事を進める。そして完成した城郭は、家康の執念ともいえる強固な意志がかたちとなった、豪壮にして華麗なものだった。

天守は見たところ五重。どっしりと腰を据える一重目こそ瓦葺だが、二重目から四重目までは銀色にきらめく白鑞葺（鉛と錫の合金の瓦）、天辺の五重目は銅瓦葺で軒瓦は鍍金され、その両端に黄金の鯱が躍っている。

もちろん内装にも贅がつくされているに相違ない。ただし内側が何階建てになっているかはわからないと、見取図を描いた勘右衛門は記していた。

ともあれ、いま晩春の夕日を浴びて、天守は全体が赤みを帯びた金色に輝いていた。見あげる眸が焦げそうなほどである。

鞠子宿で食事を給仕していた女が、駿河湾の魚が天守の眩しさに驚いて逃げ散ってしまい、漁師が困っていると話していたが、まんざら大袈裟でもないのかもしれない。

――そういえば、あの女は才蔵様に色目を遣っていたけれど……。

まさかわたしが寝ているあいだに、と小助は嫉妬の炎を燃やしかけて、われに返った。下城していくひとの流れに、いそいで紛れこんだ。

いっとき呆然と天守を眺めていた。さぞや余所者然と見えたことだろう。不安になりながら、それとなくようすを窺うと、道行く侍たちのなかにも、眼を細めて天守を見あげている者がいる。どうやら天守の眩しさに驚いたり眼を奪われたりするのは、余所者や魚だけではないらしい。

この時分に下城するのは、昼夜の三交代で詰める番方（武官）ではなく、二交代の役方（文官）のはずである。道行くひとのほとんどは、宿直と入れかわりをすました、早番の侍たちと思われた。侍たちは勤め帰りだが、なおもきびきびしている。

小助はしばらく流れのままに歩いた。天守が壮麗なことは大坂城も変わらないが、あのうぞうむぞうの浪人たちでごった返していた三ノ丸とは景色がずいぶんちがう。

駿府城はいまこの国の中心といっていい。その自負が規律と活力をもたらすのだろう。ときおり聞こえてくる話し声にも、仕事を終えたくつろぎにもまして、充実感がみなぎっていた。

小助はふとひとつの人影に見入った。堀端に若い侍がたたずんで、つくづくと天守を眺めている。

すこし離れて小助は足をとめた。おなじく天守を眺める恰好をすると、侍が気づいてこちらを振りむく。小助もそちらを見て、こくりと会釈した。

侍も若いが、小助はもっと若い。見習いぐらいに見えたのかもしれない。侍が微笑(ほほえ)んで、気さくに声をかけてきた。

「ここからの眺めが、わたしはいっとう好きなんだ。とくに夕焼けのきれいな日は、立ちどまらずにはいられない」

「はい、ほんとうに」

小助はうなずいた。実際、みごとな景色だった。

「天下一の城だ。これこそ、だれがなんといおうと」

公方様には申しわけないけれど、と侍がいたずらっぽくいった。こんな軽口をいえるのは、大御所の御在所ならではである。夕映えと天守からの照り返しが、侍の頬を赤く染めている。それは内側からにじみだす、誇らしさと愛着の色でもあった。

小助は歩み寄り、侍とならんで天守を仰いだ。

侍がちらと小助の横顔を見て、いくらか嬉しげに天守に眼をむけた。ちょっとした知己を得た気分だったのかもしれない。

空には流れの緩やかな雲が幾筋か茜色にうねり、やがてその空を突く火柱のように天守が激しく輝いた。そして東の空から闇が迫ると、雲は黒ずみはじめたが、天守は底光りするように輝きつづけている。

旅籠の女の話によると、天守の甍は夜も月光を弾いて、沖の魚をびっくりさせるのだという。

「あっ」

ふいに小助が声をあげた。

「いまなにか、あそこに」

半町（約五五メートル）ほどさきで枝を垂らしている柳を指さして、きつく眉をひそめる。いつのまにか道には人影がまばらになっているが、むろん小助はそれを待っていたのだ。

「どうした？」

侍が振りむいて、小助の顔と指さすほうを見くらべた。

「あそこに、なにか黒いものが」

「黒いもの？」

「生き物に見えましたが、ご覧になりませんでしたか」

「いや、なにも」

と侍が首を捻る。

「たしかめてきます」

小助はいって、一瞬、侍の眼を見つめ、小走りに駆けだした。侍が遅れてついてくるのに気づかないふりをして、柳の木に近づいていく。濃い影をふくんで垂れさがる枝の手前までくると、足運びをゆるめながら幹のむこうにまわりこんで、

「うっ……」

短い声を洩らしたなり、枝陰に消えた。

「どうした、大丈夫か？」

こんどは侍が小走りになって、柳に近づいた。しかし、幹をまわりこんでも小助の姿はなかった。かわりに、息を呑むほど美しい女がたたずんでいる。

「やっ、そなたは……」

侍は声をかけるまもなく頸部（けいぶ）を打たれて気を失った。


「黒狐（くろぎつね）」

駿府城内でその噂が囁かれだしたのは、ざっと半年ほどまえである。

「米蔵が荒らされたそうだ」

はじめは、そういう話だった。

「どうやら、狐の仕業らしい」

「門番が姿を見たというぞ。黒い狐だ」

いくつか声がつづいたが、さほど噂はひろまらなかった。米蔵を荒らされるなら、鼠のほうが怖い。狐などじきに退治されて、それで終わりだろうと、だれしも思っていた。

ところが、そうはならなかった。

「何度追い返しても、しつこくあらわれる」

「罠を仕掛けても捕まらん。かえって、こちらが馬鹿にされているようだ」

「狡賢いやつめ、どうにかならんか」

黒狐は思いのほかしたたかな獣だった。聞こえてくる声がしだいに戸惑いや怒り、焦りや苛立ちの響きを帯びた。

「化かされた」

とはいえ、いっきに噂をひろめたのは、このひと言だった。

黒狐が米蔵のまえにあらわれ、ふっとかき消えたというのだ。すると、こんどはつぎつぎに声があがった。

「そういえば、このまえ夜道でちらりと黒いものを見たような」

「わしも見たぞ、たしかに怪しい影が」

「すると、わしが見たのも、もしかすると……」

そうしたなかで、御殿女中が黒狐に出くわして卒倒するという事件が起きたのである。

その女中は同僚に助けられると、

「黒狐が二匹、ひとの姿をして……」

と震える手で眼のまえの雪隠を指さした。このときから黒狐は米蔵を荒らす獣ではなく、ひとをたぶらかす魔性の生き物になった。

穴山小助と言葉をかわした若侍が柳の根元で気絶していたのは、この女中の事件のちょうど一月後だった。

若侍は見まわりの番士に助けられてくわしく事情を訊かれたあと、不覚を恥じて腹を切ろうとした。だが知らせを受けて駆けつけた上役に強く引きとめられた。その夜から翌日にかけて、黒狐にたぶらかされた男、驚かされた女が、つぎつぎとあらわれたのである。しかも、そうした男女の声をたどると、黒狐は三ノ丸から二ノ丸へと忍びこんだようだった。

急遽、狐狩りの支度がととのえられ、同時に本丸が厳重に警戒された。だがそれを嘲笑うかのように、日暮れとともに本丸に狐火があらわれた。曲輪内を好き勝手に飛びまわり、ふっと消えては、またどこかでふわふわと飛びまわる。

駿府城は火に過敏である。大御所を筆頭に、これは草履取の小者にいたるまで変わらない。

番士たちはやっきになって狐火を追いまわした。槍や刀はもちろん鉄砲まで担ぎ出している。

だが狐火は捕まらない。やはりおおもとの黒狐を退治するしかないようだ。

「しかし、その狐の姿が見あたらんのだ……」

髭面の番士が櫓の陰の暗がりを睨みながら呟いた。本丸は狐火に翻弄されているものの、いまのところ、ひとがたぶらかされたという話は聞かれない。

番士は荒く鼻息を吐いて、道に眼をもどした。狐火を追いかけて走るあいだに、仲間とはぐれてしまったようだ。

「さて、狐を探すか、それとも仲間を探すのがさきか」

と顔をしかめたとき、思いがけない方角から、どよめくような声が聞こえた。こんどはそちらにあらわれたらしい。

番士はその方角にむかいかけて、ふと険しい眼つきで暗がりを振り返った。櫓の陰でかちかちと音がして、小さな火がともる。狐火ではない。煙草(たばこ)を吸っているのだ。

「ちっ！」

番士は舌打ちすると、大股で暗がりに踏みこんでいった。

「おい、だれだ。煙草は厳禁と知っておろう」

家康は天守完成の前年と翌年に煙草の禁令を発している。煙草の栽培まで禁じる厳格なものだった。だが禁令が繰り返されたということは、こっそり吸う者が絶えなかったということでもある。

番士は人影を見とめて、どやしつけた。

「このたわけが。黒狐のまえに、成敗されたいか」

だが怒鳴った口を、そのままぽかんと開いた。

暗がりに女の顔が浮かんでいた。闇をとろかすような色白の美女である。真赤な唇の端に煙管(きせる)を咥(くわ)えている。

「やっ、狐か！」

番士がかろうじて顎を押しあげ、槍をしごいて身構えた。じりと足裏をにじらせて詰め寄ると、女が顎を引いてまあ怖いというように眉をひそめる。と同時に、煙管の火皿から煙草の火が飛んで、番士の顎鬚にぽとりと落ちた。

「うわっ！」

番士が慌てて煙草の火を払い落としたときには、女はもうすぐそばに立っている。手にした煙管の雁首が、番士の顎裏の急所を突いた。

「うっ……」

と詰まった息を洩らして、番士がまえのめりに倒れた。

「声ばかり大きくて、たわいもない」

小助は冷たく番士を見おろした。このての男は敵でなく味方に怖がられて喜んでいる。そして、いざとなると平気で敵に背を見せるのだ。

髪を束ねて男の身なりにもどると、小助は足元に転がる槍を担いで櫓の陰から出た。耳をそばだてながら左右を見まわし、騒がしく声のするほうへと足をむける。二、三歩あるいて、いきなり槍を捨てて走りだし、さっと振りむくと、腰を沈めて身構えた。

「ほう、よい勘働きだ」

嗄れた声が道に響いた。

小助の走ったあとに、点々と手裏剣が突き立っている。

「おまえさんが黒狐か。なかなかに愛らしい姿をしておる」

また声がする。かなり近い。が、姿は見えない。

「とはいえ、本物ではあるまい。昨日なりたての、にわか黒狐じゃな」

声がべつなほうから響いた。すこし、遠退(とおの)いたように聞こえる。

突然、小助は地を蹴って大きく跳んだ。宙で身体をひるがえし、伏せるように着地する。振りむくと、もといた場所に人影があった。

老人がひとり、悠然とたたずんでいた。痩せて背が高く、真っ白な総髪が腰近くまで長い。仕(し)込杖(こみづえ)とおぼしき抜き身の刀を右手に提げている。

「ふむ、やはりよい勘をしておる。身ごなしも、なかなかに素早い」

老人が嗄れ声に笑いをふくませた。

「しかし、それもここまで。じきに身動きどころか、息をするのも苦しゅうなる」

小助ははっと右肘を押さえた。そこを浅く斬られたのだ。肌をかすめたぐらいの浅手だが、刃に毒が塗ってあるのだろう。

――しまった……。

と唇を嚙んだとき、右肘を押さえる手に、べつの手が重なった。

「見せてみろ」

耳元で声がした。

「才蔵様……」

小助はわれしらず背筋が震えた。

才蔵が小助の腕をつかんで、口元に引き寄せた。肘の傷を舐めて、ぺっと唾を吐く。なにかたしかめるように口中で舌をうごめかせたあと、着物の左襟のあたりをまさぐり、人差指のさきに軟膏状のものを絞り出した。それを肘の傷に擦りこみ、さらに小助の唇のまえに指を突き出して、

「舐めろ」

小助はうなずいて、才蔵の人差指を唇で包んだ。指先に舌を絡ませて、薬の残りをていねいにねぶり取る。才蔵は無造作に振る舞っているが、神経を九分九厘まで老人にむけているのが、小助にはわかった。

「ほほう、霧隠才蔵か」

老人が打ってかわり、用心深い眼をした。

「あんたは？」

と才蔵が訊いた。

「ふむ、忍者に名乗りもあるまいが、おぬしが相手では不足もいえぬか」

と老人は口の片端を曲げて、

「戸田白雲斎じゃ」

「白雲斎。そうか、ならば佐助の――」

「それはいうてくれるな。とうに忘れた古い話じゃ」

「いまは袂を分かったか。では、佐助への遠慮はいらんわけだな」

と才蔵はいって、ひょいと首をかしげた。

「しかし、聞いていた話より、ずいぶん耄碌しているようだ。腕のほうは大丈夫か」

「なぶるな、才蔵。佐助とも五分で戦えるわ」

「ほう、それは手強いな」

という声に紛れて、才蔵の周囲から淡く白い風がさらさらと流れた。

瞬間、戸田白雲斎が高々と跳んで、その姿が夜闇に吸いこまれた。だが才蔵はそれを眼で追いもしない。相変わらず無造作に立っている。やがて闇からあらわれて、才蔵の数歩先に落ちたのは、黒い布をかぶせた丸太だった。

戸田白雲斎はもとの場所に倒れていた。眉間に手裏剣が突き刺さり、深々と脳を抉っている。

「なんだ、佐助と五分というから、本気を出したらこのざまか。大口を叩くにもほどがある」

才蔵があきれ顔で吐き捨てた。

小助は驚嘆の眼をむけ、なにかいいかけて口ごもった。

「どうした、小助」

「はい、もしやあの白雲斎というひと、佐助様の師匠なのではありませんか」

「師匠？　ちがうちがう」

と才蔵は笑った。

「あれは、佐助の弟子だ」

「弟子？　でも、あんな老人が」

「修業していたころは、若かったろうさ。信濃の山中で佐助と出会ったと聞いたが、このざまでは不肖の弟子もいいところだな」

「えっ、ええっ？」

小助は皿のように眼を見開いた。

「それでは、佐助様はいったいおいくつなのですか」

「さあな。おれもむかし一度訊いたが……」

「それで？」

「訊くなといわれた」

「では、才蔵様は？　むかしというのは、何年まえのことですか」

「訊くな」

才蔵はいいおいて、ぱちりと指を鳴らした。白雲斎の死骸（しがい）が青白い炎に包まれ、ぼうっと燃えあがった。

「さあ、いくぞ」

「黒狐の役目は？」

「もう十分だ。あとはついてこい」

「はい、どこまでも」

才蔵にはもうはっきりと目当ての場所があるようだった。小助は影よりも近くあとにつきしたがった。

二人がその場を立ち去ったあと、まもなく白雲斎の死骸を発見する声があがり、ひときわ慌ただしくひとが動きはじめた。番士たちは白髪の老人が何者であるかを知らなかったが、これまでと状況が一変したことをいやがおうでも思い知らされていた。

黒狐の騒ぎが起きてから、はじめて死者が出たのだ。そして、その死骸を焼いているのは狐火とちがい、本物の炎だった。

番士たちはすぐさま消火にあたったが、炎は周囲に燃え広がりこそしないものの、容易に消えなかった。その場に駆けつける者やその場から離れていく者が入り乱れ、本丸全体にこれまでにない切迫した気配が満ちてきた。

才蔵はたくみに人影を避けて道をたどりながら、

「見回りの連中、案の定、慌てふためきだしたな」

「どうして、死骸ひとつでこれほどに？」

小助は囁き声で訊いた。

「死骸より、火だ。ひとつ本物の炎を見ると、これまであちこちにあらわれた狐火も、つぎは本当に燃えているのではないかと不安になる」

「だから、みなが浮き足立っているのですか」

「そうだ、駿府の城兵はなにより火事を恐れている。篝火（かがりび）の数が少ないのも、そのせいだ。おかげで人目を忍ぶのに、ずいぶん楽ができる」

才蔵のいうとおり、これほどの騒ぎになれば真昼のように煌々（こうこう）と篝火が焚（た）かれてもふしぎでなかったが、二人は豊富に残された闇のなかに自在に身をひそめることができた。

　篝火は要所に据えられているだけで、しかも周囲が不相応な人数で守られていた。篝火が原因で失火することや、曲者（くせもの）に火種として悪用されることを警戒しているのだ。だが本丸を守るための篝火に守備の手勢を取られるなど、本末転倒もはなはだしく、それこそ才蔵の思うつぼだった。

「さて、そこで目当てのものだが」

　と才蔵が濃い闇に足をとめた。

「小助、おまえなら火事のとき、一番に大切な宝をどうする？」

「火の届かぬところに持ち出します」

「持ち出すことができねば？」

「燃えない場所にしまいます」

「うむ、あれを見ろ」

　闇のなかから才蔵の指があらわれた。そちらを見やると、生白い練塀に囲われた一画に、土蔵を思わせるのっぺりとした建物がうずくまり、銀色の屋根が月光を弾いている。

　小助は眉根を寄せた。

「あれはいったい？」

「鉛御殿というらしい。見てのとおり、屋根を鉛の瓦で葺（ふ）いてある。噂では壁にも鉛の板を塗りこめてあるというが、いずれにせよ、火除（ひよ）けに建てたものだ」

「なるほど、鉛で火除けを。けれど、大火になれば、建物は燃えずとも、なかのひとが蒸し焼きになりそうな」

「さあ、どうかな。わが身でためしてみたいとは思わんが」

と才蔵は鼻で笑って、

「ともあれ、この騒ぎで影武者を逃れさせるとすれば、ここしかあるまい」

鉛御殿のまえには、ひときわ明るく篝火が焚かれていた。火に強い建物だからこそだろう。配備された番士も多かったが、かれらの注意はやはり背後の御殿よりも、かたわらの篝火の始末にむかっていた。

これが大御所家康の警護についているなら、さすがに火の心配などあとまわしになる。だが番士たちはそこに影武者がいるとは知るはずがないし、万にひとつ知っていたとしても、本物ではなく影武者の命が狙われているとは思いもしないだろう。

「家康は、ここには隠れにこないのですか」

と小助は道に眼を配った。

「これしきの騒ぎで逃げ隠れしては、大御所の名が泣く。家康はまだ動かぬさ」

「だから、あまり騒ぎを大きくするなといわれたのですね」

「そういうことだ」

才蔵がふいに小助の肘をつかんで引き寄せた。闇のなかで見えないが、才蔵の顔がすぐそこにあり、じっとこちらを見つめているのを小助は感じた。

「ふむ、毒の効き目がすこし出ているな。おまえはここで待っていろ」

才蔵にいわれて、小助はきっと顎を突きあげた。たしかにいくらか熱っぽい気はするが、身体は十分に動く。だが言い返すまえに、才蔵の指が小助の唇を押さえて、

「まあ、見ていろ」

声とともに、闇から淡く白い風が流れだして、篝火を囲む番士たちのほうにそよいでいった。いましがた戸田白雲斎を包んだ霧のような風である。

篝火の間近にいた番士が「おや？」と声を洩らし、つづいて「うわっ！」と悲鳴をあげた。着物の袖口に青白い火がつき、見るみる肩口まで燃えあがったのだ。番士が火の粉を散らして袖を振り払い、着物を脱ごうともがくあいだに、ほかの番士たちにも青白い炎がつぎつぎに燃え移っていく。

篝火までが青みを帯びてひとまわり大きく燃えあがり、その周囲に悲鳴や喚声が渦巻いた。

「なにごとか！」

鉛御殿から数人が慌ただしく出てきたが、思いがけない惨状をまえにして凝然と立ちすくむ。そのわきを才蔵の影がすり抜けて、だれにも見咎（みとが）められず御殿に入っていくのを、小助は見た。

いっとき立ちすくんでいた男たちが、火だるまになる番士たちを助けようと動きだした。水だと叫ぶ者、燃える着物を脱がせようとする者、自分の羽織を脱いで火を叩き消そうとする者。

だが青白い炎は焼きつくすような激しさはないものの、しつこく燃えつづけた。いったん消しとめたかに見えても、いつのまにか飛び火していて、そちらを消すあいだに、ふたたび火種を得て燃えあがる。

「篝火を消せ。火元を消さねば、きりがない！」

命じる声がして、篝火が消されると、鉛御殿のまえはにわかに薄暗くなり、青白い炎だけがおぼろに揺らいだ。そして、その怪しい炎もしだいに下火になり、やがてふうっと消え去ると、暗闇のなかにいそがしく動くひとの気配と、幾重にもかさなる低い呻(うめ)き声が残った。

「才蔵様？」

小助は血のにおいを嗅いで、あたりを見まわした。

「こっちだ」

才蔵の声がする。いつのまに屋敷から出てきたのだろう。小助が声のしたほうにむかうと、才蔵の気配が遠ざかる。立ちどまって待ったが、こんどは声がしない。小助は血のにおいを追った。すると、才蔵の気配が近くなり、それほど離れずにまえをいくのが感じられる。

小助は追いながら囁きかけた。

「首尾は？」

「このとおりだ」

才蔵が足をとめたのは、白壁沿いの薄く月明かりが照り返す場所だった。革羽織を裂いたものらしい包みを開いて見せると、なかにはまだ生きているような生首がおさまっていた。

ふくよかに肉のついた、白髪まじりの老人である。

「これが影武者ですか」

小助は眼を瞠(みは)った。

「ああ、ここまで似ているとは、たいしたものだ。付け髭をはがして、髪を白くすれば、大御所と瓜二つになる」

「かくもたやすく討ち取るとは、さすが才蔵様」

「見取図のおかげだ。場所さえわかれば、守りは手薄だった」

才蔵は鉛屋敷に入ると、その守備に配された番士たちを目印がわりに廊下をたどり、影武者の居場所を探し当てた。影武者はたしかに一個の将だった。あらわれた刺客に躊躇なく立ちむかい、戦って斃れた。わが身を守ることよりも、本物の家康のために刺客を討とうとしたのかもしれない。

影武者は死ぬ間際にも、刺客の存在を外部に伝えようとした。だがその断末魔の叫びは火を防ぐ屋敷の造りに塞がれて、おもての番士たちまで届かなかった。

「おまえも、よく働いた」

才蔵は影武者の首級を包みなおすと、小助にうなずいてみせた。

小助は顎を横に揺らして、

「いえ、勘右衛門殿ほどでは」

「そうだな、今回はあの男が一番の手柄だ。図面の抜け落ちを埋めて、帰りに墓に供えてやるか」

才蔵がいくぶんさみしげにいった。

船弁慶

「おい、佐助、本当に乗るのか、こんなものに？」

と三好清海入道が皺深い顔をくしゃくしゃにしかめた。

「そういうな。こんなものでも、やっとの思いで見つけてきたんだ」

佐助は苦笑まじりになだめた。

「わしは生来、乗り物が嫌いじゃ。なかでも、船というやつは見るだけで胸がむかついてくる」

「よくいうぞ。日ごろから、伊三の肩に乗って、ゆっさゆっさと揺られているくせに」

「わしと伊三は一心同体。伊三が歩けば、それはわしが歩いたも同然だ。揺れるもへったくれもあるものか」

「よし、その心意気で船にも二人一緒にどんと乗るがいい」

「断る。こんなおんぼろ船、伊三が乗るだけで沈んでしまうわ」

「ふうん、どうしてもいやか。ならば、入道たちには泳いでいってもらうしかないな」

と佐助は海原のほうに顎をしゃくった。

越後長岡、寺泊の湊に近い浜辺である。打ち寄せる波のかなたに、うっすらと佐渡島の影が浮かんでいる。

越後から佐渡に渡るには、おもに出雲崎(いずもざき)、寺泊、新潟(にいがた)の三つの湊が使われるが、なかでも寺泊湊が佐渡に一番近い。対岸の赤泊(あかどまり)湊まで、およそ十里(約四〇キロメートル)の海路である。

佐助は越前から加賀(かが)、越中、越後と北陸道をきて、出雲崎を通りすぎ、寺泊の手前で足をとめた。ここで一服していてくれと、清海と伊三を浜辺に残して姿を消すと、半刻(はんとき)(一時間)ほどして、街道ではなく海側からもどってきた。

すっかり漁師のなりをして、どこで見つけたのか、おそろしく古びた小船を波打ちぎわに乗りつける。と思うと、砂浜に立ってにこにこしながら手招きしたのだ。

「泳げだと? たわけ、水練が達者なら、だれが船など嫌がるか」

清海入道が荒く鼻息を吐いた。

「おや、そうだったか」

と佐助は小首をかしげたが、そんなことはとうに承知のうえだった。清海入道はうっかりすると、湯浴(ゆあ)みのときにも溺れそうになる。ちなみに、伊三入道も水に入れば岩塊のようにまっしぐらに沈んでいくくちである。

「だから、わしは駿府にいくといったのだ。さすれば、いまごろは家康の首級をまえに据えて、祝杯をあげていたであろうよ」

「船よりも酒に酔いたいか。まあ、その気持ちはわからんでもないが、首を取るのは、家康でなく、影武者のほうだぞ」

「いわでもじゃ。しかし、影武者の首を取り、返す刀で家康も始末してしまえば、話が早かろう」

「わかっておらぬな、入道」

と佐助はため息をついた。

「家康に死なれては、こっちが困るのだ。あの男には、ぜひとも生きて合戦場に出てきてもらわねばならん。でなければ、豊臣には万にひとつの勝ち目もない」

「おまえはそういうが、家康が死ねば、徳川一門はむろん東軍全体が動揺するのは必至だ。倅（せがれ）の秀忠（ひでただ）も戦のたびに赤恥をかいておるし、あやつに采配を振らせれば、西軍に勝機がめぐってくるのではないのか」

「いや、秀忠ぐらいでは、まだまだ話にならん。豊臣が勝機を招き寄せるには、家康ほどの図抜けた戦下手に出馬を願わねばな」

「なんだ、そんなに豊臣は弱いのか」

と清海入道が白眉をひそめた。

「昨冬は無傷の大坂城で戦って、手もなく負けたのだ。いまの堀も曲輪も潰されたありさまでは、生半可なことで勝てるわけがない」

「ふうむ……」

「豊臣の唯一の取り柄は、いまもふんだんに金銀を持っていて、それを惜しみなく遣うところだ。ひきかえて、徳川は金に吝（しわ）い。なにをするにも、大名に自腹を切らせる。それでも紐の固い財布のなかに相応の金が詰まっていれば、大名たちの不満を抑える重石にもなるが、財布が軽くなれば、手兵を動かす軍資金にも事欠いて、大名たちから足元を見られるようになる」

そういう状況に持ちこんだうえで、徳川を挑発して戦を起こさせ、本物の家康に指揮を執らせる、というのが、そもそも佐助が大坂方に売りこもうとした策略だった。

実際には、挑発だけが先走って、徳川に都合のいい時期に戦を起こされてしまったが、佐助たちは遅まきながら、残りの策略を実行に移そうとしていた。

この工作が成功して、つぎの合戦で大坂方が勝てば、大名たちもあらためて豊臣に色気をしめすだろう。徳川が勝つと思えばこそ自腹を切ってまで兵を出しているが、負けてしまえばこれほどばからしいことはない。それなら、豊臣に味方してたっぷりと恩賞をもらうほうがいいに決まっているのだ。

「とにかく、駿府は才蔵にまかせたんだ。おれたちは佐渡でひと暴れする。それがいやなら、おれがもどってくるまで、ここで念仏でも唱えて待っているんだな」

佐助がいいおいて、砂浜を蹴り、ひょいと小船に飛び乗った。ここまでの道中でも繰り返し見かけた「どぶね」とか「はなきり」とか呼ばれる漁船だが、佐助はとりわけ古くて小ぶりなものを手に入れてきたようだ。

「待て、乗ればよいのだろう。おまえだけを佐渡に渡らせて、楽しみをひとり占めになどさせるものか」

と清海入道が自棄気味に顎を突きあげ、波打ちぎわに歩み寄った。

「おっ、その気になったか。ならば、伊三がさきに乗って、船底に横になってくれ。でないと、ちょっと波にあおられただけで、船がひっくり返ってしまう」

佐助が手招きすると、伊三入道はずぶずぶと砂に足を取られながら波に入っていき、四苦八苦した挙句、どうにか船に乗りこんだ。

伊三入道が巨軀を横たえると、船底はもう半分ほどが埋まってしまい、寝返りを打てば、そのまま船ごと転覆しそうだった。

「くそっ、船酔いのぶんまで、むこうで暴れてやるからな」

清海入道はなおもぶつくさいいながら船べりによじのぼると、伊三入道の身体のうえを歩いて、臍のあたりにちょこんと胡坐をかいた。

佐助は足場をたしかめ、てのひらに唾をかけると、

「よいとせっ」

かけ声とともに船を出した。器用に櫓をあやつり、波のあいだをすべっていく。といっても、伊三入道の体重のせいで、船はぎりぎりまで沈んでいる。真冬の荒れた海なら、たちまち波に呑まれたにちがいない。

「そうじゃ、酒を一杯、ひっかけてくればよかったわ」

と清海入道がまたぼやいて、肩越しに振りむき、

「おい、佐助、酒を持っておらんか」

「ああ、喉が渇いたのなら、そのあたりの水をすくって飲んでおいてくれ」

と佐助は取り合わない。

「ちっ、ならば歌でもうたうか。すりゃ、ちいとは気が紛れるじゃろ」

清海入道が言い捨てて、小歌をがなりはじめた。

「ただ遊べ、帰らぬ道はたれもおなじ、柳は緑、花は紅」

隆達節である。

「色よき花の匂ひのないは、美し君の情ないよの」

白髪も抜け果てた老僧にしては、いろっぽい歌をうたうものだ、と佐助は可笑しかった。もっとも、本家の高三隆達も堺で坊主をしながら、流行り歌を集めたりこしらえたりしたのである。

「おい、まだ着かんのか」

清海入道がまた振りむいて、気短にがなり立てた。

「見てのとおりだ」

と佐助は水平線にぼんやりとかすむ島影に眼をむける。

「この船に帆はないのか」

「それも見てのとおりだな」

「帆もなしに、佐渡まで渡れるのか」

「沈まなければ、いつかは着くさ」

「なんと悠長な話だ」

「風向きがよければ、伊三に袈裟をひろげてもらってもいい」

「ああ、そうしろ。けっこうな帆になるはずだ」

清海入道はそういうと、袂を払って坐りなおし、

「交わす枕に涙のおくは……」

とうたいかけたが、ふいに背を丸めて、うえっとえずいた。


佐渡の赤泊湊は沖が浅い。

このため越後への最寄りの湊であるにもかかわらず、弁財船のような大きな船の出入りがなく、渡船や漁船などがおもに使っていた。

佐渡で採掘された金銀は島の南端に近い小木湊から船出して、越後の出雲崎湊で荷揚げされた。小木と出雲崎のあいだは深いところでおよそ三百尋（約五四〇メートル）あり、金銀を運ぶ船は難破したときに備えて御用金の箱に三百尋の浮き縄をつけているという。

佐助が佐渡への渡海に寺泊湊から赤泊湊にいく経路を選んだのは、むろん警戒の厳しい御用金の通り道を避けたからだった。

だが隆達節をがなり立てながら近づいてくる、危ういほど波間に深く沈みこんだ小船は、湊の役人の眼を引かずにはすまなかったようだ。

佐助は手庇をして、顔をしかめた。湊の左手に見える番所とおぼしき建物のほうから、一艘の船がまっすぐこちらにむかってくる。

「ほう、木っ端役人どもが出迎えにきたたか」

と清海入道はおとなしくなるどころか、ふんぞり返っている。船に乗るまえには駿府にいけばよかったとぼやいていたが、そもそも三好兄弟は見た目も性分もどこかに密行潜入のできるがらではないのだ。

手の焼ける爺さんだと嘆息しながら、佐助は湊の入口で船をとめた。番所の役目は、ひとの出入りの監視と積荷を調べて課税することにある。近づいてきた船には、案の定、役人が乗っていた。舳先のほうに立って、居丈高に問いただしてくる。

「どこからきた、島の者ではあるまい」

「へえ、寺泊からまいりました」

役人の視線のしたをくぐるように、佐助は腰を低くしてこたえた。

「見てのとおり、お坊さんを渡してまいりましたので」

「どぶねでか」

「目当ては？」

と役人が佐助の船を鋭く見まわした。

「へえ、さようで……」

「漁師が漁を捨ておき、渡し船のまねをするとは、いかなる料簡だ」

「料簡もなにも、このお坊さんが乗せろといってきかないもんで」

「それで、いいなりに乗せたのか」

「すみません。駄賃をはずんでくれるというもんだから、つい。けど、見てのとおりの小船で、わしも喜んで引き受けたわけじゃ……」

と佐助は首を竦めて口ごもった。その表情も仕草も気の弱い漁師にしか見えない。

役人は清海入道のほうに眼を移すと、

「和尚に尋ねる。なにゆえ渡し船を使わず、漁師の船を借りられたのか」

清海入道は短い腕をぐいと拱(こまぬ)き、顎を高く突きあげて、役人を下目にかけた。

「船に乗ったは、佐渡に渡るためじゃ。それが漁船でも千石船でも、知ったことではないわ」

役人はむっと顔色を変えたが、清海入道の不敵な面構えと、それを支える矮躯(わいく)を見なおして、一筋縄ではいかないと悟ったようだ。

「では、あらためて問う。和尚はなにゆえ佐渡にこられた」

「寺にいく」

「どこの寺に？」

「されば、まずは国分寺。それから、真楽寺。つぎに、西報寺。あとは、大光寺、本田寺、常念寺、曼荼羅(まんだら)寺、定福寺、大興寺、清水(せいすい)寺……」

「待たれよ、和尚、さように寺の名をならべずとも」

「うぬが問いにこたえておるのだ。中途で話の腰を折るな」

清海入道は荒く鼻息を吐いて、不動院、長安寺、誓願寺と寺院の名をあげつづける。

「もうよい、そこまでにせよ」

と役人は辟易(へきえき)したようすで手を振り、佐助に眼をもどした。

「それより、荷はなにを積んでおる」

「へっ、なにを？」

佐助は首をかしげて、そのまま横に揺らし、

「荷など積んでおりませんが」

「いつわりを申せ。いかな小舟といえど、ひと一人を乗せただけで、そこまで沈みこむものか」

「ああ、それならお役人様は思いちがいをしておいでだ。ひとは二人乗せておりますから」

「たわけ、どこにほかの乗り合いがいる。たとえいても、それほど沈むはずがない」

「いや、それがもうひとりは弁慶(べんけい)みたいに大きなお坊さんで――」

と佐助はいいかけたが、黙っておれと一喝される。

役人は船頭に指図して船を横にならびかけさせた。と同時に、水主(かこ)たちが素早く鉤棒(かぎぼう)を伸ばしてくる。佐助の船は鉤爪をかけられて引き寄せられ、がっちりと捕らわれてしまった。

「うわっ、どうぞご勘弁を。なんてこった、ちょいと欲をかいたばっかりに、とんでもないことになっちまった」

佐助は手をこすり合わせて役人を拝んだり、天を仰いで嘆いたりしたが、もはやどうにもならない。

「どれ、見せてみよ」

と役人が船べりに身を寄せてくる。

「なあ、もうひとりのお坊さんも姿を見せてやってくれないか」

佐助はべそかき顔で声をかけた。

「ううむ……」

伊三入道が低く唸りながら、船底から起きあがった。上体を起こしただけで、佐助とおなじぐらいの背丈である。

「こら、藪から棒に動くな」

清海入道が弟を叱って、膝のうえにちょこんと坐りなおす。

「お、おお……」

役人の船から、驚きの息が洩れた。伊三入道とまともに顔を合わせる恰好になった役人も、あんぐりと口を開いている。みながしばらく呆然としていたが、やがてわれに返った船頭や水主が船弁慶ならぬ海坊主にでも出くわしたかのように、なにか慌ててまじないの文句をつぶやきはじめた。

佐助は上目遣いに役人の顔色を窺いながら、

「ほら、いったとおり、ひとを二人乗せているだけで、荷物なんぞなかったでしょ。このでっかいお坊さんは乗り合いの渡し船で、四人前も船賃を払えといわれたそうで。それで、むこうのちっこいお坊さんが臍を曲げて、ほかの船を探すことにしたって話でさ」

「こら、だれがちっこい坊さんだ！」

と清海入道が弟の巨軀の陰から、真っ赤な顔を突き出すのにあわせて、佐助はわざと船を横に揺らした。

伊三入道の身体がぐらりぐらりと左右に傾き、倒れまいと役人の船に手をつく。すると、役人の船も大きく傾いて、ひとも荷物も船底を滑り、役人が海に投げ出されそうになる。二艘の船のあいだに激しく波飛沫(なみしぶき)があがり、水主たちは鉤棒を放り出して、船べりにしがみついている。

いくらか揺れがおさまり、伊三入道が体勢を立てなおして手を引くと、役人の船はまた大きく傾いて、あわや転覆するかに見えたが、船頭がかろうじて持ちこたえた。佐助の船も転がるように揺れて、ざぶざぶと左右から波をかぶる。清海入道の矮軀が弾んで、あやうく波間に落ちかけたが、その奥襟を伊三入道がちょいとつまんだ。

佐助は額の冷や汗を拭いながら、

「このとおり、なんべんも死にそうな目を見て、どうにかここまで渡ってきましたんで。お役人様にお願い申します。どうぞ船が沈んじまうまえに、そこの湊までいかせてやってください」

「えい、勝手にせい」

役人が船底にへたりこんで、ぞんざいに言い捨てた。

「ありがたい、お役人様は命の恩人だ」

佐助は身体を折るようにして頭をさげると、さっそく腕捲(うでまく)りして、

「じゃあ、でっかいお坊さんは、もっぺん寝転がってください」

と伊三入道に声をかけ、そそくさと役人の船を離れて湊に入っていった。

「おい、佐助。ちっこい坊さんとは、だれのことだ！」

清海入道は船着場まできても、まだ頭から湯気を立てている。

渡し船の船頭が伊三入道に四人前払えとふっかけたというのは、佐助がとっさに仕立てたつくり話だが、ここまでの道中で街道筋の馬子が清海入道に半人前の駄賃でいいぜと声をかけて、半死半生の目に遭わされたのは、まぎれもない事実である。

佐助は桟橋に船を寄せながら、声を落としていった。

「入道たちをおろしたら、おれは船を隠してくる。この近くに禅長寺という寺があるから、その境内で落ち合おう」

漁船を入手したのは、ひそかに佐渡に渡るためではない。いつでも島から出られるようにするためである。三好兄弟といっしょにひと仕事すれば、帰りはおおわらわで逃げ出すはめになるにちがいないのだ。

煌めく山

赤泊の禅長寺は天長四年（八二七年）の創建と伝えられる古刹である。

勅撰和歌集『玉葉和歌集』の選者として知られる大納言京極為兼が政争に敗れて佐渡に配流されたとき、ここに寓居した。為兼は仏の加護のおかげか、六年で帰京を許されたが、ふたたび政争に巻きこまれて土佐に流され、帰京がかなわぬまま没したという。

禅長寺の境内にあらわれたとき、佐助はすでに身なりをあらため、どこから見ても寺の雑人にしか見えなかった。三好兄弟の廻国修行の供をする、くたびれた従者という恰好である。三人はこの寺で一夜の宿を借り、翌朝早く相川にむけて出立した。

「さて、今日も十里（約四〇キロメートル）ばかりの道程だが、昨日とちがって足元はしっかりしている。まず山越えで反対岸の真野に出て、そこからは相川往還で海辺をたどり、日が暮れてから相川の町に入るぞ」

と佐助は地面を踏み鳴らしてみせた。

「なんだ、たった十里か。それなら、わざわざ早立ちすることもあるまいに」

と清海入道がすかさずけちをつける。昨日の怒りを引きずったうえに、船酔いで胃の具合が悪いらしく、朝からずっとこの調子なのだ。

「ほう、昨日とちがって、いやに強気だな。まあ、十里が二十里でも、入道はどのみち一歩も歩かない勘定だろうが」

「ああ、くさくさする。わしは寺にもどって、もうひと睡りするぞ」

「そういうな。おれにも都合がある」

「早めについて、鼠まがいにこそこそやらかすつもりか」

「ああ、それこそ忍者の本分だ」

と佐助は笑って、

「相川の手前で日暮れを待つあいだに、おれは代官所や町のようすを窺ってくる。入道たちはそのあいだ寝るでも、逆立ちするでも、好きにしてくれ」

赤泊湊の家なみを横切り、山手にかかる上り坂にさしかかると、たちまち左右が深い森になった。しだいに細くなる道のうえに木々の枝がせりだし、まるで洞窟のように冷たく湿った風が抜けていく。足元も湿気をふくんで、土が暗い色をしていた。

伊三入道はときおり枝葉に坊主頭をこすられながら気にするふうもないが、清海入道がまたぞろ不機嫌に唸りだした。

「なんじゃ、このわしゃわしゃは。ひとのとおる道なら、枝ぐらい掃っておけばよいものを！」

「どうした？　坊主頭をくすぐられるのがいやなら、伊三の肩から降りて、自分の足で歩けばよかろう」

「やかましい。よけいな口を利くひまがあったら、この枝をなんとかしろ。おまえはわしらの従者だぞ」

「なるほど、それを忘れていた」

佐助はうなずくと、いきなり高く跳んで枝を切り落とす。

「むかしこのあたりでは山がきらきらと光って、金山なり銀山なりが見つかったというが、どうやら眉唾ものだな。こんなに草木がはびこっていては、地べたに小判をばら撒いても見えはせぬ」

清海入道が憮然といった。

「その話なら、おれも聞いたことがある。たしか船から光る山が見えたというのだろ。季節や眺める方角によっては、そういうことがあったのかもしれんさ」

「いいや、つくり話だ。子供騙しのな」

「もしや、入道はまえにも佐渡にきたことがあるのではないか」

「ばかをいうな。だれがくるものか、こんな辺鄙なところに」

「しかし、寺の名もよく知っていたぞ」

「あんなものは、あてずっぽうだ。どこにいっても、まず国分寺はある。あとは寺や坊主の名前など、みな似たようなものだからな」

清海入道はそういったが、佐助の記憶にしたがえば、入道が役人のまえであげてみせた寺の名は、すべて佐渡にあるものだった。

おそらく清海入道は過去に佐渡を訪れたことがある。伊三入道に金銀を掘らせて、ひと山当てようとたくらんだのだろう。

──うむ、そうにちがいない……。

子供騙しの話につられて、苦手な船に乗ったのだ。佐助はそう確信したが、口には出さなかった。からかってやりたいのはやまやまだが、このうえ清海入道にふてくされられては仕事に支障をきたす。

それにしても、清海入道はどのあたりの山を掘ったのだろう。あれだけ寺の名を知っているということは、島中を渡り歩いたのかもしれない。あっちを掘っても、こっちを掘っても、出てくるのは屑石（くずいし）ばかりで……。

「こら、佐助、なにをひとりで、にやついておる！」

清海入道に怒鳴られて、佐助はせっかくの推理を中断した。

「いや、なに。昨日の役人のうろたえぶりを思い出すと、おかしくてな」

「ふん、どうだか怪しいものだ」

「それより、入道、まえを見ていないと枝にぶつかるぞ」

ちょうど清海入道の頭のむこうに、太い枝がせりだしている。だがぶつかるまえに伊三入道が手を伸ばして、小枝のようにぽきりとへし折った。

赤泊から真野までの山越えは、およそ五里。幾度か峠を越えて、山なみを背後に見返すころには、下り坂がなだらかになり、やがて行く手に平地が見えてくる。赤泊湊のある南東岸は海からすぐ山へとつづくが、こちら側は山裾から海岸までの土地が広い。

佐渡島の中央に横たわる国仲平野の南端だった。

佐渡は国仲平野を挟んで、北側に大佐渡山地、南側に小佐渡山地が盛りあがり、それぞれの山なみにいくつもの鉱脈が睡っている。佐助たちが越えてきた小佐渡山地には、西三川という砂金の採れる山があり、はじまりは平安朝のころともいわれる。

一方、佐助たちのめざす相川は大佐渡山地にある。西三川にくらべてはるかに歴史が浅く、ざっと二十年ほどまえに開かれたばかりの山で、いまどこよりも豊富に金銀を産出する。

慶長六年（一六〇一年）、徳川幕府は佐渡を直轄領と定め、同八年（一六〇三年）、鶴子銀山からこの地に佐渡代官所（のちの佐渡奉行所）を移した。

「清海入道、それに伊三もだが、相川につくまでは、くれぐれも騒ぎを起こしてくれるなよ」

佐助は山裾で足をとめて、しっかりと釘を刺した。もっとも、二人がどれだけ真面目に聞いているかはわからない。清海入道はそっぽをむき、伊三入道は岩のようにまばたきもしないのだ。

平地に出ると、川沿いの道をたどり、相川往還に入った。相川の金銀山と積出港の小木湊を結ぶ、いまや佐渡一番の要路である。

真野から相川まで、残りは五里。その三が二は真野湾をまわりこむ海辺の道になる。浜は砂地の遠浅で景色はいいが、湊にはむかない。でなければ、ここから御用金を積み出すだろう。沢根という土地までくると、青白く光る湾に背をむけて、ふたたび山道に踏みこむ。

大佐渡山地の南端に近いあたりで、これを越えると、いよいよ相川にいたる。

「さあ、このあたりで二人には一服していてもらおうか」

町に出る手前の山間の道で、佐助は三好兄弟に声をかけた。

清海入道は弟の肩に揺られながら、うつらうつらしていたらしい。

「おお、もうそんなところまできたか……」

と欠伸(あくび)まじりにいって、あたりを見まわし、

「まだ、ずいぶん日が高いな」

伊三入道の歩幅の大きさも、佐助の足運びの速さも、常人とはかけ離れている。

「まあ、のんびりしてくれ。ことが動きはじめたら、帰りの船に乗るまで、息つくひまもないだろうからな」

「帰りも、あのおんぼろ船か」

「そうさ、あれがおれたち三人の命綱だ」

「それはたのもしいことだ」

と清海入道は嫌味にいって、

「忙しくなるのはかまわぬが、それまでなにか退屈しのぎはないのか」

「ひと睡りすればよかろう」

「いや、もうすっかり目が覚めた。酒でもなければ間が持たぬぞ」

「ならば、そのあたりの斜面を掘り返してみてはどうだ。ひょっとすると金の塊が出てくるかもしれん」

佐助がいうと、清海入道は仏頂面をそむけた。やはり金脈探しでは、痛い目を見たことがあるらしい。

「まあ、退屈しのぎは入道の知恵にまかせるとして、なにかあったら騒ぎになるのを避けて、手頃な場所に身をひそめてくれ。どこにひそんでいようと、おれがかならず探し当てるから、二人はそれまで動かなくていい」

相川の町は海に面している。鉱脈の発見後、海岸の段丘のうえに代官所が建てられ、金銀山の山中にまで町なみがひらかれた。だが増えはじめた住人はそれだけではおさまりきらず、いまは段丘のしたの海辺にも少なからぬ家が散らばっている。

佐助は海辺の家なみのはずれに近づくと、通りすがりの人夫につづいて影のように町に入った。そのままひとの流れに紛れこんで歩きまわり、やがて段丘を登って代官所のまえにくる。

さすがに佐渡一国を支配する役所だけあって、山城を思わせるようなつくりの建物だった。大手となる東側に堅牢（けんろう）な冠木門（かぶきもん）を構えて、四方に塀をめぐらし、門の斜め奥には高い物見が据えられている。周囲には低いながら石垣が組まれ、南東は水堀、搦手（からめて）の西側はいま登ってきた海岸段丘の斜面に守られていた。

代官所内には御用金の金蔵もあるはずだから、人手による警備も厳重だろう。

――まともにぶつかれば、かなり手強（てごわ）いな……。

佐助はにがっぽく薄笑いして、足元の小石を堀に蹴りこんだ。さほど深くない水が、ぽちゃりと音を立てる。

佐渡にきた目的は、徳川家康の懐にそそぎこむ金銀の流れをいっとき滞らせることにある。少なくとも三月、できれば半年。そのあいだに大坂を攻めさせて多額の出費を強い、幕府の屋台骨に揺さぶりをかける狙いなのだ。

家康は日ごろから褒美や恩賞を出し惜しみ、そのくせやれ合戦だ、やれ築城だと、諸大名を駆りだしては、負担を丸ごと押しつける。これにはもちろん大名の財力を削ぐ狙いもあるのだが、当然ながらこき使われたほうは士気がさがり、反感ばかりが高まることになる。

それでもだれひとり反旗を翻さないのは、家康の手腕と実績のゆえにほかならない。

だがきたるべき大坂の決戦で幕府の屋台骨がぐらつけば、大名たちも徳川家が決して盤石ではないと気づくだろう。無類の戦下手で吝嗇漢（りんしょくかん）の本物の家康なら、軍資金が目減りしはじめたとたんに、采配の振りざまが輪をかけて乱れるにちがいない。

諸大名はもうじきそれを目の当たりにすることになるのだ。

すると、豊臣家がにわかにありがたい主君に見えてくるかもしれない。

なにせ浪人を掻き集めるためにさえばかみたいに金銀をばら撒くのだから、大名が味方すればどれだけ優遇されるかわからない。とまあ、そんなふうに考えるかどうかはべつにしても、諸大名に徳川と豊臣の重みを量りなおさせるきっかけにはなるはずだ、と佐助は睨んでいる。

代官所の横手にまわりこみ、裏門のようすをたしかめたが、いまは下手に手出しをしないほうがいいようだった。

佐助はまたひとの流れに紛れこみ、山のほうに足をむけた。雑草のように目立たず、ひたひたと往来を歩いていく。

それにしても、たいへんな活気だった。町には人夫の家のほかに、多くの商い店があり、町はずれには寺や神社も見える。そして、あちこちから金を製錬する濃い煙が立ち昇り、その熱気がさらに町を勢いづけているように感じられる。

代官所から採掘場までは、ゆっくりした足取りでも四半刻（しはんとき）（三〇分）とかからなかった。山中の町なみは細長くつづき、谷底に金銀と人夫のいきかう道がとおされて、その両脇の斜面に家がへばりつく恰好でならんでいる。

採掘場に近づくと、山から吹きおろす風に乗ってきな臭いにおいが漂ってきた。石ころを舐めたときのようなにおいである。

相川の山で採れるのは、砂金ではない。地表に近い金銀鉱脈を露天掘りで掘り出している。採掘をはじめて年月が浅いから、間歩（まぶ）（坑道）はそれほど掘られていないだろう、と由利鎌之助が話していた。

地表の鉱脈を掘りつくせば、つぎは山腹に穴をうがち、地中深く埋まる金銀を採るしかない。だが相川金銀山はまだ、その時期ではあるまいというのだ。

たしかにすれちがう人夫たちの顔は、いずれもよく日焼けしていた。坑道の深いところで地下水に濡れながら働く人夫は、肌が青白くて表情が暗い。それにしぜんと猫背になるものだ。

鎌之助の話はいつも当てにならないのだが、こんなときにかぎって的中する。

「ちっ、ここも手強いか」

と佐助は舌打ちした。間歩（坑道）なら坑口を塞いでたやすくひとの出入りをとめられるが、露天掘りではそうはいかない。長期にわたって道を塞ぐのは難しく、大規模な土砂崩れでも起こさなければ採掘をとめられないだろう。

――さて、どうしたものか……。

佐助は歩みを緩めて、前方の山を見あげた。露天掘りで抉り取られたのか、山頂が不自然にくぼんでいる。

どうやら望月六郎を連れてくるべきだったらしい。あの男の火薬の技術があれば、土砂崩れを起こすぐらいはたやすかったろう。もっとも、こうして仲間が別れて動くときに、清海入道の面倒を見られるのは、佐助のほかにいないのだ。三好兄弟と才蔵や鎌之助を組ませれば、仲間内で血の雨が降りかねない。

佐助はだれにも気づかれずに踵を返して、採掘場を離れた。働きづめの人夫のようにとぼとぼと道を引き返しながら、どこかで火薬は手に入らないものかと考えている。

代官所なら備蓄しているだろうが、あそこに忍びこむのはなるべく避けたい。吹屋（製錬所）はどうだろう。なにか火薬の材料になるものを使ってはいないか。望月ほどの腕はないが、佐助も材料さえあれば火薬の調合ぐらいはできる。

めぼしい家を物色しながら歩くうちに、佐助は思いがけない話を耳にした。

「おい、知ってるか、大仏様みたいな坊さんが町をうろついてるぜ」

「大仏？　なんだ、そりゃ」

「知らないんだな。じゃあ、早く拝みにいってこいよ。顔も身体もそっくりだから」

「おい、いいかげんにしろよ。顔はともかく、身体が似てるわけあるか。だいいち、おまえは本物の大仏様を見たことがないだろうが」

「見たことがなくてもわかる。あれはそっくりだって」

「ああ、そうかい。いってりゃいいさ」

「待てよ、話はまだ終わってないぜ。どういうわけか、その大仏様は肩に達磨様を乗っけてるんだ」

「達磨？　ふうん、そいつもさぞや顔も身体もそっくりなんだろうな」

「いや、その坊さんが似てるのは顔だけだ。身体のほうは達磨様ってより、小坊主みたいだった」

「おまえ、担ぐつもりなら、もうちょっと上手に話をこしらえろよ」

「だれが担いだりするもんか。ほかの連中に訊いてみなよ、みんな噂してるぜ」

「ほんとうか？」

「ほんとうさ。面白いから、おまえも見物してこいって」

「そこまでいうなら見てくるが、その大仏様とやらはどこにいるんだ」

「達磨様のほうが、酒屋はどこだって怒鳴ってたから、八兵衛さんの店あたりにいるんじゃないか」

「よし、心得た、八兵衛の酒屋だな」

立ち去る男の背中を眼で追いながら、佐助は口中で「やつらめ！」と唸った。

男のあとについていくと、たしかに町のあちこちで、おなじような噂話が耳に入ってきた。男がしだいに足早になり、佐助もそれにならう。やがて行く手が騒がしくなり、目当ての酒屋につくまえに、割れ鐘のような声が聞こえてきた。

「おい、こら。いま達磨がどうとかほざいたやつは、ここに出てこい！」

だれの声かは、もはやたしかめるまでもない。

「なんだ、出てこぬのか。呼ばれて隠れるぐらいなら、はじめから四の五のぬかすな」

「四の五のなんぞいってねえや。達磨が酒呑んで赤くなってきたといったのさ」

と弥次が飛ぶ。

佐助はいそいだ。すぐさきの家の角を曲がると、路地の奥にひとだかりができていた。

剣呑(けんのん)な景色だった。弥次馬は色濃く日焼けした、屈強な身体つきの男が多い。気の荒さが背中からも見て取れる。いまは面白がっているようだが、いつなんどき、かっとなって暴れだすかわからない。そんな一触即発の群れのなかに、ひときわ高く伊三入道の巨軀がそびえている。

「いまの雑言を吐いた輩(やから)、ここにきてもう一度口を開いてみろ。その腐った舌の根を引き抜いてくれる！」

清海入道は声がするだけで、当然ながら姿は見えない。

「おっと、達磨じゃなくて、閻魔様だったらしいぜ。こりゃ、おっかねえや」

また弥次が飛んで、男たちがどっと笑った。

佐助は顔をしかめた。清海入道のいきり立つ姿が眼に浮かぶ。

――まずいな、伊三にひと言指図したら、路地は血の海になるぞ……。

地面を蹴ってかたわらの家の軒に跳びあがると、ひとだかりのほうに屋根づたいに走った。伊三入道の頭は、ほとんど屋根とおなじ高さにある。佐助はその坊主頭のまえまでくると、伊三入道をひと睨みして、路地を覗きおろした。

清海入道が酒屋の店先に陣取っていた。逆さに伏せた桶に腰を据え、もうひとつの手桶に柄杓を突っこんでは、がぶがぶと呷っている。手桶のなかは、満杯の酒にちがいない。

「ようわかったな、わしこそ閻王じゃ。亡者ども、そこになおれ。片端から地獄へ叩きこんでやる！」

「おい、この閻魔様は笏のかわりに、柄杓を振りまわしてるぜ。酒の飛沫がかかって、こっちまで赤鬼みたいになりそうだ」

「いや、こいつは偽物だ。こんなちんちくりんの閻魔様がいるわけねえ」

「なにっ、ちんちくりんだと！」

清海入道がいきなり憤然と立ちあがった。と同時に、佐助が路地に飛び降り、清海入道を抱えて、またすぐ屋根に跳んだ。弥次馬たちには、一瞬のうちに清海入道の姿が消えたように見えたことだろう。けれども、ひとだかりのなかに空を見あげた者がいて、

「あっ、ありゃ、だれだ？」

と佐助を指さした。弥次馬の視線がいっせいに屋根のうえに集まる。

だが佐助はそれにかまわず、清海入道の耳元に早口でささやいた。

「入道、やらかしてくれたな。こうなっては策もへったくれもない、伊三を連れて暴れられるだけ暴れろ」

「おう、それこそ望むところだ」

「喜ぶな、くそ坊主。えい、いってもはじまらん。とにかく家でも物置でも手当たりしだいに壊しながら、採掘場をめざせ。たどりついたら、目一杯に暴れろ。暴れに暴れて、あとは火をかけながらもどってこい」

「よしよし、なにもかもぶち壊せばいいのだな」

「ただし、無益な殺生はするなよ。こうなったのは、入道のせいだ。万が一、代官所の連中に捕まったり、討ち取られたりしたら、自業自得とあきらめろ。無事なら、未明に赤泊の禅長寺の門前にこい。船の隠し場所がわかるように、目印を置いておく。こなくても、夜明けには船を出すからな」

そういうなり、佐助は清海入道を抱えあげて、ひとだかりの真ん中に放りこんだ。すぐさま、伊三入道がそこに突入する。弥次馬のひとりが屋根のうえを見あげなおしたときには、佐助の姿はすでに消えていた。

「うわ――っ！」

弥次馬が悲鳴をあげて、蜘蛛の子を散らすように逃げ出した。いや、ちがう。伊三入道の体当たりを喰らって、屈強な男たちが弾き飛ばされたのだ。清海入道は倒れた弥次馬を踏み台にして、いつのまにか伊三入道の肩のうえにおさまっている。

「伊三、手はじめに、その長屋を壊せ！」

清海入道が声高に号令した。すると、伊三入道の巨軀がみしみしと音を立てて、さらにひとまわりたくましく盛りあがった。路地に倒れていた男たちや、遠巻きに眺めていた弥次馬が、いっせいに逃げはじめる。

伊三入道は眼のまえの長屋の壁に拳を突き入れると、紙を破るようにべりべりと漆喰を引き裂いた。そのまま柱をへし折り、また壁を裂いては、柱を折り、そうして端までいくと、横手にまわりこんで、どんと壁に体当たりする。五軒一棟の長屋が軋みをあげて震え、粉塵を吐いて倒壊した。

「よし、眼に入るものは、ことごとく潰してしまえ！」

清海入道が吼える。

伊三入道がうなずきもせず、轟然とつぎの長屋に拳を突き入れる。

三好兄弟の通ったあとには、化け入道の足跡のように倒壊した家屋が残された。そして、その凶暴な足跡は迷走しながら採掘場へとむかっていった。

佐渡代官の配下には、組頭や各地の番所に詰める番役のほかに、与力三十名、同心七十名がいる。町中の騒ぎを耳にして、はじめに同心二名が小者をともない、狼藉者を取り押さえにむかった。だが凄まじい破壊のあとを見て、尋常ならざる事態であると気づき、急遽一名が報告に帰った。

代官はあらためて与力五騎、同心二十名の部隊を組んで捕縛に派遣した。ところが、日没が迫っても、はじめに出役した同心一名をふくめて、だれひとり復命にもどらず、再度部隊を編成するあいだに、夕日をかすませるような激しい炎が採掘場の方角に燃えあがったのだ。

代官はついにみずから出馬して、狼藉者の捕縛と火事の消火を指揮した。町に出て破壊のあとをたしかめながら、山中の火元にむかう。炎は採掘場から燃え広がるだけでなく、ことなる場所からつぎつぎにあらたな火の手があがっていた。代官は消火を急ぐよう部下に命じ、自身は腕利きの同心二名を連れて火元の動きを追った。

まもなく代官は倒壊した家屋を焼く火炎のまえに、三好兄弟の姿を捉えた。遠目にも異様な風体だった。金剛力士と邪鬼の取り合わせにも見える。恐れをなす同心を叱咤すると、代官は馬に鞭をくれて、火炎に飛びこむほどの勢いで突き進んだ。

だが伊三入道のまえに迫ると、突然に馬が棹立ちになった。代官も動顚したが、馬は背筋を震わせて恐慌している。

伊三入道は馬の胴体に手を伸ばすと、まるで藁人形のように軽々と代官ごと宙高く持ちあげた。

「よし、そのまま火のなかに放りこんでやれ」

と清海入道が指図した。が、思いなおしたように首を振って、

「いや、それでは馬が哀れだ。佐助にも、無用の殺生をするなといわれているしな」

伊三入道は馬を地面におろしたが、鞍から振り落とされた代官は瓦礫に埋もれて気を失い、同心たちに助けられても容易に目を覚まさなかった。

一方、代官所では与力のひとりが地役人を指図して、金蔵の御用金の避難をはじめていた。積出用の箱に金塊を詰めて、ひとまず海岸までおろす。代官所の人手はほとんどが追捕や消火に駆り出されて、遠くに移送するすべがなかった。

だが町を焼く炎は、確実に代官所に迫ってくる。相川の沖は岩礁が多く、真野湾とはちがう意味で湊に適さないが、そのかわりに魚種は豊富で、付近にいくつか漁師の村がある。与力は念のために十数艘の漁船を手配して、御用金を積みこみ、沖合に退避させた。

与力も一艘の漁船に同乗して、波間から代官所を見守っていた。背後の水平線に日が沈み、前方ではひときわ鮮やかに火の手が燃えさかる。しかし、いっとき天も焦がすかに見えた炎は、代官所に届くまえに下火になりはじめた。

与力はそれを見て太い息をつき、船頭を振りむいてうなずきかけた。船頭もほっと息をついて、笑みを返す。

すると、なにを思ったか、与力がいきなり船頭の胸を押して、海に突き落とした。さらに、手にした槍を揮って船底に穴をあける。見るみる船が傾きだすと、猿のように身軽にとなりの船に飛び移り、また船頭を突き落として船を沈める。

三艘目の漁船に乗りこみ、

「ほかの船もおとなしくしていろよ。逃げれば、この槍で胸板を貫くぞ！」

雷鳴のように声をとどろかせたのは、与力に変装した佐助だった。

「ぬしらには可哀想だが、これも戦のうちでな。命あっての物種と思ってくれ」

そういったが、海に突き落とされた船頭たちは、みなあとで懐にひとつかみの金塊が入っていることに気づくはずだった。

偏屈者

「せっかく清海入道と離れたのに、どうしてこんな口やかましい爺さんと旅をせねばならんのだ」

由利鎌之助が聞こえよがしにぼやいた。

「はっは、そういうな。おかげで道中はずいぶん楽できたのだ」

と根津甚八が垢じみた首筋を掻きながら笑う。

二人のまえには禿頭の老人が歩いている。齢は七十前後。口から顎につながる髭や耳のまわりにわずかに残る短い髪は真っ白だが、背筋がぴんと伸びて、歩きぶりも矍鑠としている。寒竹の杖を握っているのは、足腰をかばうためではなく、だれかをひっぱたくためのようだ。

「たしかに裏道、抜け道をよく知っている。とくに信濃から甲斐にかけては、わしも感心するほどだが、それにしてもあの横柄な態度と口の悪さはどうだ。まったく清海入道に半歩と引けを取らんぞ」

すると、まえをいく老人が半身に振りむいて、

「なに頓狂な声を張りあげておる。わざわざ遠まわりして目立たぬ道を案内してやっておるのに、

そのていたらくでは、ここに怪しい者がいると触れ歩くのもおなじだ。まったく真田も使えぬ男を雇うたものよ」

鎌之助は顔をしかめるだけで、ぐうの音も出ない。大坂城の真田の陣屋敷で、厠にいくときに出くわした、あの老人である。

「たわけ。なにが十勇士だ」

と吐き捨てた声が、いやでも耳によみがえる。

老人は草臥斎と名乗っていた。もはや生きるのに草臥れたといいたいのだろう。これもひとを喰った名前だが、態度もいうこともおよそひとをもなげだった。

甚八はさして気にするふうもないが、鎌之助はあらためて真田屋敷で引き合わされたときから、なにか苦い薬でも飲まされたような気分がしていた。あるいは毒気にあてられたというべきか。

——まったく、どうなっているのやら。

と鎌之助は首をかしげずにはいられない。毒気なら仲間から自分のものまであわせて、たいてい慣らされているはずだが、この老人はひとりで猛毒なみらしい。

もっとも、草臥斎がふんぞり返るのには、それなりに納得させられるところもあった。なにせ博識である。言葉の端々から窺い知れるところ、兵法はもとより四書五経や和漢の詩歌、仏典や医学にまで精通しているらしい。そのうえ諸国の風物にくわえて、街道や脇往還を知りつくし、山深い信濃や甲斐の地理、さらには杣道にまで詳しいのだから、物知りが自慢の鎌之助としても舌を巻かざるを得ない。

「おっ、水のにおいか……」

甚八がふと鼻をうごめかし、それからほどなくして三人は川岸に出た。

かなりの大河である。対岸までの川幅が広く、旅人のとおる道筋を避けているから、橋や渡船場はない。とはいえ、ここ数日の好天のおかげか、流れは細く、川床がところどころ覗いている。これなら泳いで渡らずにすみそうだ。

鎌之助はちらと森を見返した。歩いてきた方角からして、富士川だろう。とすれば、やはり迷わず目的地に近づいていることになる。たまには道に迷って首のひとつもかしげればいいものを、と鎌之助は気に喰わない眼つきで老人の背中を眺めた。

だが草臥斎はためらう素振りもなく河原におりた。と思うと、そのままの足取りでざぶざぶと流れに踏みこんでいく。草鞋を脱ぐでも袴をたくしあげるでもなく、あたかもそこに川のなきがごとしである。

鎌之助はさすがに水際で立ちどまり、上流から下流にかけて見渡した。だがどこが渡河に適しているかなど、うわっつらを眺めただけでわかるはずもない。せいぜい波の立ちかたで、あのあたりが浅そうだと見当をつけるぐらいである。

「ちっ、忌々しい」

どうやら、ここでも老人を信じて進むほかないらしい。

と舌打ちするあいだに、甚八がわきを通りすぎて無造作に川に入っていく。

「くそ、どいつもこいつも」

鎌之助は唸って、水に足を入れた。が、思わず足を引くほど冷たい。足腰がぞわぞわして、尻の穴がこそばゆくなる。

「……」

もはやぼやく気もしない。鎌之助は腰の刀を抜いて、両手で頭のうえに差しあげると、歯を喰い縛って川に踏みこみ、甚八を追いかけた。

ところが、甚八はなにを思ったか、草臥斎のうしろを離れて、上流にむかいだした。そちらのほうが浅いのかと、鎌之助が眼で追うと、甚八は見るみる腰のあたりまで浸かっていく。むしろ深みをめざしているらしい。

「おい、なにを……？」

鎌之助は声をかけようとして首を横に振った。そういえば甚八は陸よりも水中のほうが腕が立つ、河童（かっぱ）の生まれ変わりのような男である。そんなやつにかまっていてもはじまらん、と思いなおしたのだ。さきをいく草臥斎の背中を追いかけると、うしろでどぼんと音がして、甚八の姿が川面（かわも）に消えた。

草臥斎は大雑把に振る舞っているようで、じつはきっちりと渡河の場所を選んでいたらしい。鎌之助は臍（へそ）近くまで濡れたものの、早瀬に足を取られることもなく、無事に川を渡り終えた。

河原にあがると、草臥斎はようやく足をとめて、袴の水を絞ったが、それもかたちばかりで、またすぐに歩きだした。鎌之助はぶるぶると身体を振るい、股座（またぐら）にへばりつく袴を引っ張りながら、草臥斎のあとにつづいた。

　すると、背後のどこかで水を蹴る音がして、頓狂な呼び声が響いた。

「ご老体、待たれよ。着物を乾かしがてら、腹ごしらえをしてゆかぬか」

　振り返ると、甚八があらぬほうから河原にあがってくる。頭のてっぺんまでぐっしょりと濡れて、髪がざんばらにひろがり、手足といわず着物といわず、いたるところから水が滴っている。生まれ変わりというより、河童そのものである。

　河童は片手になにかの木の若枝を握っていた。若枝のさきには魚がぶらさがり、揺れて銀色にきらめいている。かたのいい鮠(はや)が十尾ばかり、えらに枝を通してあるのだ。

　草臥斎も振りむいて、甚八のありさまを見ると、なにごとかという顔をした。なにかいいかけたが、舌打ちしてよかろうと言い捨てた。

「このあたりにするか」

　甚八は河原の隅に焚火(たきび)の場所を定めると、

「たきぎを取ってくる。これをたのむ」

　と鎌之助に魚を押しつけて、川岸にのぼっていく。

「間違っても、松や杉の枝を拾ってくるなよ」

　と草臥斎が尖った声で釘を刺した。やにの多い木を燃やすと、烽火(のろし)のように濃い煙が昇り、目立ってしかたがないのだ。

「それぐらいはわかっているさ。童(わっぱ)あつかいしなさんな」

と甚八が苦笑する。鎌之助には「わっぱ」が「かっぱ」に聞こえた。

たきぎを待つあいだに、鎌之助は大ぶりの石を集めてかまどをつくり、それから自分も森に入って魚の数だけ若枝を切り取ってきた。その枝に鮠を一尾ずつ刺すあいだに、甚八がごっそりとたきぎを抱えてもどった。小楢（こなら）や橡（くぬぎ）の枯れ枝である。松などにくらべて火付きは悪いが、煙が少なく、火持ちもよい。

鎌之助はたきぎを受け取ると、高く積んで、火を熾（おこ）した。木は生焼けのあいだがいっとうくすぶるが、望月六郎に調合してもらった火薬のおかげで、いっきに炎が燃えあがる。甚八がそのまわりに串刺しならぬ、枝刺しの鮠を立てていく。

草臥斎は風上に陣取り、よきにはからえとばかり、悠然と腕を組んでいた。

やがて香ばしいにおいがして鮠が焼きあがると、甚八はまず最初の一尾を草臥斎に勧めた。草臥斎が当然のように受け取り、すぐに食べはじめる。むろん礼など半句も口にしない。

——こんな横柄なじじいに喰わせてやることはないのだ。

と鎌之助は憤慨しながら鮠を取った。枝を横手に持って、熱々の身を前歯でむしり取る。はふはふいいながら嚙みしめた。

「うまいが、ちと塩気がほしいな」

「ならば、こうすればよい」

と甚八が袖をまくって、ぺろりと腕を舐める。汗の塩気で、魚を食べろというのだ。

「ふむ、泳いだせいで、今日は味が薄いな……」

甚八は鮠をかじると、また腕をぺろぺろと舐める。

鎌之助はもう慣れているからなんとも思わないが、草臥斎は露骨に顔をしかめている。手にした鮠を見なおして、食欲を失くしたように首を揺すった。

「まったく真田もほかに雇える者がおらなんだのか」

「わかってないな。われらを雇えて、真田は運がよかったのだ。それも、とびきりに」

鎌之助がいうと、甚八もうなずいて、

「さよう、こう見えて、われらは引く手あまた。真田殿には、われらを東軍につかせまいとする意図もあったろう」

「似たようなたわごとを、大坂に転がりこんだ浪人がみな口にしておるわ」

と草臥斎はにべもない。

「たしかに、大口を叩く浪人なら掃いて捨てるほどいるが、われらはひと味違う。なればこそ、真田殿も白羽の矢を立てたわけだ」

甚八はいいながら、二尾目の鮠の頭にかぶりついた。

「いや、ひと味どころか、二味も三味も違うぞ。戦に手を貸して勝たせてやるのは、毎度のこと。敵情の偵察から寝返りの工作、和平の交渉もする。山賊退治や盗人追捕は、片手間仕事。謀反人の始末にお家騒動の尻拭い、宝物の護送から姫様の誘拐まで、なんでもござれだ」

と鎌之助がならべあげる。

だが草臥斎は鼻先で笑って、

「で、どれだけしくじった？」

「一度も」

「一度だけ」

鎌之助と甚八の声が重なった。

「ほう、一度か」

と草臥斎がはじめて感心したようにいった。

鎌之助は黙っておればよいものをと、甚八を睨(ね)めつけた。けれども、甚八はなにが悪いという顔をして、三尾目の鮠の焼け具合をたしかめている。

草臥斎は甚八から、鎌之助に眼を移して、

「なんで、しくじった？」

「いや、しくじるというほど、たいそうなものではないが」

と鎌之助は前置きして、清海入道の顔を思い浮かべた。

「仲間にあんたとおっつかっつの偏屈な年寄りがいてな」

「出来の悪い若造ほど、老人を煙たがるものだ」

草臥斎がふんと鼻息を吐く。

「いやまあ、あの爺さんはひまがあれば厄介事を引き起こすが、それで仕損じたわけではない。ほかに、もっと厄介な連中がいるのだ。ものを吹っ飛ばすことしか考えていない男や、寝ても覚めても鉄砲をいじくりまわしている男が」

「なるほど、そやつらがへまをしたか」

「ではなく、やたらと女好きの洒落者がいてな。この男が女をもてあそんでいるつもりで、しょっちゅう騙されている。はたで見ていて、哀れになるほどだ」

と鎌之助は海野六郎の顔を思い出して苦笑した。

草臥斎が手にした枝をぽきりと折って、

「のらりくらりとごまかしおって、よほど言い難いこととみえる。さしずめ、仲間に裏切られでもしたのだろう」

「ほう、鋭いな」

と甚八がいった。

「才蔵が裏切った。その一度だけ、わしらは仕事をしくじったのだ」

「しかし、才蔵とやらは、いまもぬしらの一味に残っておるのではないか」

と草臥斎が眉をひそめた。

「そりゃ、仲間だからな」

「裏切者が仲間か?」

「仲間だから、裏切るのだ。敵なら、はなから裏切りもへちまもない」

「仲間が裏切れば敵になる。さような道理もわからぬのか」

「これは、ご老体とも思えぬ青臭い理屈をいわれるものだ。才蔵は気まぐれだが、そこが面白いところさ」

甚八がいうと、鎌之助もうなずいて、

「まあ、そこが厄介なところでもあるのだが、才蔵が商売敵になればもっと厄介だからな。とはいえ、やつが敵のところで裏切れば、われらに味方することになるわけだが」

「なるほど、それも面白そうだ。いかにも才蔵らしいが、しかし、そう都合よくいくものかな」

「試してみる気にはならぬな。汗を舐めながら魚を喰うのも、そうだが」

「うむ、わしも無理にとはいわん」

二人の気楽な話しぶりに、草臥斎はこやつら本当に物の役に立つのかと、あらためて顔をしかめた。


川岸の土手をのぼり、ふたたび森に分け入る。杣道はすぐに山手にかかり、登り降りを繰り返すが、しばらくはさほど険しくない。ときおり木々の合間から、鳥のさえずりを乗せて軽やかな風がそよいでくる。

やがて尾根を越えると、谷間のむこうに甲駿（こうすん）の国境となる山なみが連なり、その奥にまさしく泰然と富士山がそびえていた。

「こりゃ、絶景だ……」

甚八は呟いたなり、ぽかんと口を開いて立ちつくしている。

「どこを見ておる。めざすはあの山ぞ」

と草臥斎が富士の左手前に見える山を指さした。

「ほう、あれが武田の隠し金山か」

鎌之助が手庇をして感嘆の声をあげる。

富士川にそそぐ下部川沿いに、武田家にゆかりの湯治場がある。信玄も合戦の傷を癒したという、しもべの湯である。この下部川上流の湯之奥と呼ばれる一帯に、中山、内山、茅小屋の諸金山があり、甲州金の第一の産地として知られるが、かつては固く場所が秘されていた。

「武田の宝も、いまでは徳川の金袋だ」

草臥斎が不機嫌に言い捨てて、足早に歩きだした。

「なあ、鎌之助、これこそ絶景だぞ。富士の麗しさと厳しさが、ともにずんと胸に響いてくる」

甚八はまだいっている。

鎌之助は見むきもしない。富士に金銀の大鉱脈が睡っているなら話は別だが、そうでなければどれほど立派な山でも知ったことではないのだ。草臥斎を追って、なかば草に塞がれた道をくだりだした。

「おい、ぼやぼやしていると、爺さんに放っていかれるぞ」

武田家の滅亡後、甲斐国は頻繁に国主が変わり、関ヶ原の戦いのあと、ようやく徳川の手に落ち着いたが、それでにわかに国情が安定したわけではなかった。まず甲府城代が支配する時期を経て、家康の八男仙千代の手に委ねられ、仙千代の急逝後は、九男五郎太丸（義直）が国主となる。だが義直もわずか四年で尾張に転封され、それからは国主や城代を定めずに城番制をとっていた。

「ぬしら、あの山をいかに攻めるつもりだ」

草臥斎がめずらしく二人が追いつくのを待って、ぼそりと訊いた。

「攻めるもなにも、この頭数では正面切って討ち入るわけにもいかぬ。なにか策を練るしかあるまいな」

と鎌之助は他人事のようにいった。

「頭数？　おまえは千人率いていても、正面を素通りして、裏口から攻める男だろう」

と甚八がちゃちゃを入れる。

「策を練るだと。あらかじめ用意してきたのではないのか」

草臥斎が耳を疑うといったようすで、鎌之助を振りむいた。

「現地にきて、その場にふさわしい策を練る。それが、わしの流儀だ」

と鎌之助は悪びれない。すると、甚八がすかさず、つまりは行き当たりばったりだ、と注釈を加える。

「しかし、まあ、元締めあたりを人質に取って、人足を間歩（坑道）に集め、生き埋めにしてしまうのが、手っ取り早いのではないか」

と鎌之助は小首をかしげていった。

「待て。さような愚策しか浮かばぬなら、このさきはわしにまかせろ」

草臥斎がにわかに声を荒らげた。

「ほう、ご老体にはなにか策がおありか」

と甚八が尋ねるわきで、鎌之助がそっぽをむいて、

「このさきもなにも、大坂を出たときから仕切りどおしではないか」

「よいな、ここからはわしを主君と思え」

と草臥斎が決めつけた。

武田が支配していたころ、湯之奥の金山の警護は駿河との国境側が厳重だったが、徳川にとって駿河は敵国でなく、大御所家康の在所である。人員はおもに甲斐国内にむかう山裾側に配備され、搬出される金の護衛や金山に出入りする人の監視にあたっていた。

三人は大きく迂回(うかい)して谷間を渡ると、ひときわ用心深く金山の麓に足を入れた。生い茂る草をかきわけて、踏み跡もまれな道をたどる。

とはいえ、草臥斎もさすがに見張りや見回りの配置まではわからず、幾度か人影を見かけては息をひそめてやり過ごした。そうした人影は三人よりもさらに草深い場所からあらわれ、ぎょっとさせられることも少なくなかった。

「相手もばかではないから、楽ばかりはさせてくれんな。佐助たちは、はたしてどうしているか」

伏せていた斜面から起きあがりながら、甚八がいった。

「才蔵は妙な気さえ起こさねば、すんなりことを運ぶだろう。佐助のほうは、われらと似たものだな。むこうにも厄介な爺さんがいる」

と鎌之助も立って、着物のほこりを払い落とし、

「わからぬのは、石見にいった三人だ。あやつらはうまく嚙み合えばどんな大事もやすやすと為果せるだろうが、嚙み合わねば湯の一杯も沸かせぬからな」

石見にいったのは、海野六郎、望月六郎、筧十蔵の三人。この顔ぶれでは、ひとつ間違えば無事に石見にたどり着けるかどうかもあやしい。

「佐助も無茶な組分けをするものだ」

「鬼が出るか蛇が出るか、あいつは面白がっているのさ」

「しっ、見回りがもどってきたぞ」

と草臥斎が鋭くささやいた。

甚八がすっと膝を折ってうずくまり、

「始末するか？」

「ならぬ。ここで手出しすれば、以後の策に支障をきたす」

草臥斎が言下にたしなめる。

「ああ、それはたいへんだ」

鎌之助は嫌味な口ぶりでいって、草むらに腹這いになった。まったく小煩い爺さんだ、どのみちひと騒ぎやらかすのだろうに、と聞こえよがしに呟く。

見回りは手が届くほど近くまでくると、あたりに視線を泳がせて、あいまいに首をかしげ、踵を返して歩き去った。

鎌之助と甚八が眼を見かわしてにやついていると、草臥斎はなかば唸るように、このさき無駄口を叩くなよといい、立ちあがるなり憤然と斜面を登りだした。

湯之奥の金山は、茅小屋が毛無山の中腹、内山がそこから山頂までの中間にあり、中山は山頂から西にのびる尾根伝いにあった。草臥斎はなにもいわずに中山を目指したが、これは三つの金山のなかで中山がとりわけ金の産出に秀でていたからである。

鎌之助も行先にはとうに見当がついていて、気になるのは草臥斎がどうやって金山を潰すつもりでいるかだった。

中山は尾根から山腹にかけて採掘場が点在し、谷間の沢沿いに集落ができている。中山千軒と呼ばれる、湯之奥で最大の鉱山町である。ひと騒ぎ起こすにしても、どこに的を絞るか、安易には決めがたいのだ。

なにか獣の骨の散乱する場所を通り抜けて、集落の間近にまできたのは、ちょうど日が西の山辺に隠れるころだった。木々の合間に鈍色の闇が煙り、足元の草がひんやりとしはじめる。大きく葉を広げるシダが、わさわさと脛をこすった。

「これはなんだ、いやにはびこっているが」

甚八が足元を見まわした。

「オニシダだ。金のあるところに生えるから、金山草と呼んで、山師は目印にする」

と鎌之助は眼を輝かせている。

「ここで待っておれ」

草臥斎が足をとめ、振りむかずにいった。

「なにをするつもりだ。あんたの策とやら、まだ聞いておらぬぞ」

と鎌之助は語気を尖らせた。

「まあ、黙って見ておれ」

「裏切るのではあるまいな」

「それも面白かろう」

「へまをしても、骨は拾わぬぞ」

「ふん」

返事するのも面倒だったらしく、草臥斎が短い鼻息を残して歩きだした。

「どうも気になるな……」

と鎌之助は首を捻って、甚八を見やり、

「爺さんがなにを企んでいるか見きわめてこようと思うが、おまえはどうする？」

「わしはあの老人が気に入った。いわれたとおり、ここで待っていよう」

「相変わらず物好きな男だな。ならば、後詰はまかせる」

鎌之助はいいおいて、草臥斎のあとを追った。


森を出ると、金塊の搬出路とおぼしき道があり、そのさきに中山の鉱山町が横たわっていた。千軒というのも、あながち誇張ではないようだ。沢沿いの棚田状に切り拓かれた土地に、びっしりと家がひしめいている。

ここまでに見かけた山間の集落とは、かなりようすがちがった。家々からはひとが暮らす気配にもまして、鉱石を打ち砕く響きや金を溶かす熱気と煙があふれだし、まるで巨大な一棟の砦のようにも見える。

草臥斎はその活気のなかに悠然と踏みこんでいく。

金泥を薄めたような黄昏の光が町に漂い、家なみに見え隠れする人影はぼんやりとかすみはじめていた。草臥斎のうしろ姿も一歩ごとにおぼろになり、うっかりすると見失いかねない。

鎌之助は小走りに道を渡り、おぼろな背中を追いかけた。気づいて叱り飛ばしてくるかと思ったが、草臥斎のようすに変わりはない。が、なにせ一筋縄ではいかない人物だから、なにか魂胆があって知らんふりしているのかもしれない。

――まあ、よい……。

それよりいまは町の連中の眼を惹かぬことだ、と鎌之助はしだいに足の運びを緩めて、手頃な人影の歩きぶりをまねた。ひとは似たような恰好をしている連中の顔をいちいち見くらべようとはしないし、自分に似ていれば悪人とは思わないものだ。

草臥斎は十歩ほど前を歩いている。清海入道の背丈が伸びればかくやあらんと思わせる、ふんぞり返りぶりである。

――とはいえ、どこまでいくのか。

と鎌之助は眉根を寄せた。

草臥斎は人影に紛れて町に入ると、路地とも庭ともつかない家と家の隙間を縫って上流側へとむかっていく。どこにいくにせよ、歩きたいなら町の手前の道を通ればいいのに、すれちがう人目をかまう素振りもない。

当人が見咎められるのは自業自得だが、こちらまで一網打尽にされないかと、鎌之助は気が気でなかった。これは頃合いを見て引き返すべきか、と迷いはじめたとき、草臥斎がふいに足をとめた。行き会った人影と立ち話をはじめる。

鎌之助は歩きつづけるしかなく、たちまち十歩の間合いが詰まる。近づくと、話しているのは草臥斎だけで、それもぽつりぽつりとなにやら言い聞かせているようだった。二人のわきを通りすぎるとき、ようやく人影が口を開いた。

「では、あなたさまはまことに……」

聞こえたのは、かろうじてそれだけだった。

鎌之助がそのまま歩いていくと、採掘場にむかうらしい道が町のなかに割りこんできて、家なみがいったん途切れた。鎌之助は道に出て振り返ったが、家影に隠れて草臥斎の姿は見えない。そして、その家影も薄闇に包まれはじめている。

どうもうまくないな、と鎌之助は口をへの字に曲げた。草臥斎につけてきたことがばれたうえに、まかれるまでもなく見失ってしまった。あの爺さんに、いいようにあしらわれているようだ。なにか突拍子もないことでもして、ひと泡吹かせてやれないものか。

鎌之助はふとかたわらの家に眼をむけた。この家一軒を押し倒せば、下段にある家がすべてばたばたと倒れていきそうに見える。ばかみたいな思いつきだが、伊三入道ならほんとうにしてのけるかもしれない。

――いや、きっとやらかすぞ。

と仲間の顔を思い浮かべた。どいつもこいつも、ばかげた連中ばかりだ。わしのほかはな、と苦笑しかけて、頬を引き締めた。尾根のほうから男が道をおりてきて、ちょうどぴったり眼が合ったのだ。

鎌之助はきまり悪げに眼をそらして、家なみに足を入れた。いましがた通り抜けてきたほうだ。そのまますたすたと引き返した。

草臥斎が立ち話をしていた場所まできたが、当人も話相手も見当たらなかった。どこか家に入ったのだろうか。相手の男も相応の年配だったが、じろじろ眺めるわけにもいかず、くわしい人相はわからない。いますれちがっても、それと見分けられるかどうかあやしかった。

鎌之助はいったん森にもどることにした。あてもなく町なかをうろついてもはじまらない。家なみを抜けて、道に出る。そとから眺めると、森はもう暗く塞がれて、一歩先も見えないようだった。だが近づくにつれて暗がりは青みがかり、なかに踏みこんでしまうと、木々の合間にはまだうっすらと明るみが残っている。

薄墨色の木立を鎌之助は足早に進んだ。このあたりかと思うところで、甚八の姿を探すと、突然、背後でがぼっと奇妙な音がした。

鎌之助は振りむきながら、ひとの倒れるような物音を聞いた。

実際、見やると、四、五間ほどさきに、ひとが転がっていた。眼を凝らしたが、ぴくりとも動かない。すでにこと切れているらしい。

かたわらに甚八がたたずんでいた。


「つけられたか？」

鎌之助は顔をしかめた。

「見回りの役人だな」

と甚八がうなずく。

鎌之助は歩み寄って、死体の顔をたしかめた。案の定、ついさっき道で眼が合った男だった。

もっとも、いまごろ案の定というのは、へまをしたあかしである。

「うかつだった。おかしな眼つきをしていると思っていたのに、爺さんを見失ったことに気を取られて見過ごした」

「ほう、老体にまかれたか」

「にやつくな。ともあれ、爺さんがこれを見たら、またひとしきり小言をならべるぞ」

埋めるか、と鎌之助はいった。

「いや、これでやったから、獣に襲われたように見えるはずだ」

と甚八は鎌之助の鼻面に棍棒（こんぼう）を突き出した。太くて節くれだった枝の先端に、なにか獣の顎の骨が結わえつけてある。顎には鋭い牙がならび、牙にはべっとりと血がついている。

「こんなものをどうした？」

「ここにくる途中、骨の散らばっている場所があったろう。あそこで見つけて拾っておいたのさ。山犬の顎だろうな。いくつかあったが、これが一番大きかった」

「拾っておいた？　山犬の骨を？」

「ああ、なにかの役に立つかと思ってな」

「おまえ、いつもそんなことをしているのか」

「おや、知らなかったか」

「……」

そういえば、ときおり懐から石ころや魚の頭を出して、矯めつ眇めつしているようである。

「で、待っているあいだに、これをこしらえたのか」

鎌之助はいいながら、鼻面で牙をむく山犬の顎を押し返した。

「使い道がありそうな気がしたのだ」

甚八が棍棒を引いて、びゅんとひと振りする。

「実際、役に立ったろう」

死体は右耳のうしろから血を流していた。傷口をあらためると、顎の形に牙のくいこんだ痕がならび、たしかに獣に咬まれたように見えなくもない。

鎌之助は感心と呆れの入り混じる思いで、甚八の顔を見なおした。珍妙な趣味のおかげで助けられたのにはちがいないのだが、眼のまえの男が顎の骨のほかにも、しゃぶるために脛の骨を拾っていそうな気がして、どうにも素直には喜べなかった。

「獣らしく見せるために、もうすこし細工しておくか」

甚八が棍棒を握りなおして、死体に山犬の牙を打ちつけた。そして、こんどはぐいと引いて肉を裂く。獲物の肉を喰いちぎるようにである。

鎌之助は瞑るほど眼を細め、飛び散る血を避けて身体を引いた。

甚八は暗く眼を光らせて、幾度か棍棒を揮うと、

「これぐらいでよかろう。あとは場所を移して、本物の山犬に始末してもらうとするか」

「ああ、そうしよう。ここが血の海になるまえにな」

と鎌之助は湿った息をついた。

「老体がもどってきたとき、だれもいなくては困る。おまえはここに残っていてくれ」

甚八はそういうと、片手に棍棒を握ったまま、男の死体を担ぎあげた。したたる血が着物にしみこんでも、気にならないらしい。

「なにを隠そう、わしは犬が苦手でな。仔犬でも、恐ろしくてたまらん。まして山犬ともなれば、近くにいると思うだけで、こうして鳥肌が立つ」

と腕を突き出して見せる。

「ほほう……」

鎌之助はいいながら首を横に揺らした。甚八がどんな神経をしているのか、とんとわからない。いや、わかろうとするだけ無駄らしい。

甚八が死体を捨てにいっているあいだに、山のむこうで日が沈みきったのだろう、森が真っ暗

になった。

佐助や才蔵ならともかく、鎌之助は闇を見通せる器用な眼など持ち合わせていない。頭上の茂みを見あげて、洩れてくる月や星の光はないかと探していると、やがて墨の沼を泳ぐように甚八がもどってきた。河童というのは、どうやらかなり夜目が利くようだ。

「あとは爺さんの帰りを待つばかりだな」

「そういうことだ」

ところが、待てど暮らせど草臥斎があらわれない。夜闇は深いが、まさかいまさら帰り道に迷うはずもあるまい。

「あのじじい、ほんとうに裏切ったのではないか」

鎌之助はしぜんと声が尖った。

「かもしれんな」

甚八はいたって呑気(のんき)な口ぶりである。

「なんだ、おまえは爺さんを信用していたのではないのか」

「いいや、信用などしておらん。気に入っただけだ。ひと癖あるところが」

「ならば、どうする。そのひと癖のおかげで、罠にはめられたぞ」

「なに、まだわからぬさ。もうしばらく待とう」

「悠長なことを。罠とわかってからでは遅かろうが」

「そのときは、そのときだ。おまえとわしなら、どうにでもなる」

これもあることだしな、と甚八がいい、びゅっびゅっと夜気を切る音がした。見えないが、あの棍棒を振りまわしているらしい。

「それは頼もしいことだ。せいぜい当てにしているぞ」

鎌之助は議論するのがばからしくなって、草のうえにごろりと寝転んだ。

たしかに甚八と二人なら多少の手勢に囲まれても、逃げだすことぐらいはできる。しかし、それではここにきた目的が果たせない。草臥斎に先手を取られぬように、こちらもなにか手を打つべきなのだ。

だがそんなことに知恵を絞る気も失せてしまった。甚八のいうとおり、罠にはめられたら、はめられたときだ。どう仕返してやるかは、それから考えても遅くはない。

――なにせ、わしは稀代の策士だからな。

鎌之助はにがっぽく頬をゆがめて眼を閉じた。冷えて薄らいでいた血のにおいが、鼻先にぷんと漂ってきた。

うつらうつらと、どれぐらい夜船を漕いだだろう。瞼を開くと、あいかわらず闇がすべてを覆いつくし、甚八の気配を感じるだけである。というより、体臭でそれとわかるのだが、とにかく草臥斎はまだもどってきていないようだ。

「おい、いま何刻だ?」

これも佐助や才蔵ならするするると木に登って、月や星の位置から時刻をたしかめるのだろうが、鎌之助にそんな芸当はできない。

「そうだな……」

と甚八がいいさして、ごそごそと音がした。腹をさすっているのだ。

「子ノ刻(午後十一時から午前一時)にさしかかるあたりか」

これがまずまず正確なのである。

「待たせやがるな、爺さんは」

「うむ。こんどは、わしが寝ていいか」

「ああ、そうしてくれ」

甚八がごそりと横たわり、すぐに寝息を立てはじめた。

煙る山々

淡くきらめく朝日が森に流れこんできた。

鎌之助はまぶしさに瞼をくすぐられて、三度目のうたた寝から目覚めた。絹を溶かしたような薄靄(うすもや)が、ゆっくりと木々の合間を動いている。見渡すと、森はもうなかばまで白い光に満たされていた。

どこかできゅっと草が鳴った。朝露に濡れた葉を踏んだのだ。すたすたと人影が近づいてきて、二人のわきに立つなり、

「いくぞ」

草臥斎が言い捨てた。

「おう、いよいよか」

甚八が跳ぶように立ちあがった。棍棒の柄をしごいて、鉱山町のほうを見やる。

だが草臥斎はぞんざいに手を振り、反対の方角に顎をしゃくった。

「違う、こっちだ」

「やっ、引き揚げるのか。金山はどうする？」

「どうもせぬ。ここには、もう用はない」

「待て、なに勝手なことをいっておる」

鎌之助が割って入った。

「いくにせよ、引き揚げるにせよ、訳をいえ。それを聞くまでは、半歩と動かぬぞ」

草臥斎はふんと鼻息を吐いて、

「この山は落とした。うぬらが居眠りしているあいだにな」

「落とした？　ひとりで、一夜のうちにか」

「そうだ、足手まといがおらぬと、ことがおおいに捗るわ」

「嘘をつけ。こそりとも騒ぎは起きなんだぞ」

鎌之助はいって、甚八にさっと目配せした。

「おい、やはりじじいは裏切ったぞ。われらをたぶらかして、金山に手出しさせぬつもりだ。このまま大坂に帰れば、真田に献じたわれらの策に齟齬をきたす」

「うむ……」

甚八が眉根を寄せて、棍棒を握りなおす。山犬の牙が、ぎらりと光った。

「たわけ、だからうぬらは足手まといなのじゃ。攻めるといえば、阿呆のひとつ覚えで、力ずくしか考えぬ。騒ぎを起こさずとも、山を落とす手など、いくらでもあるわ」

草臥斎が侮蔑の眼で、二人を睨み据える。

「口先だけなら、国でも落とせる。信じてほしくば、どんな手を使ったかいってみろ」

「あとで教えてやるから、ありがたく聞け」

「いいや、いまここで話せ。でなければ、すべて嘘とみなす」

「ぐずぐずしておると、せっかく落とした山に、それこそいらぬ騒ぎが起きるぞ」

「だれがそんな口車に乗せられるか」

「ならば、これだけは教えてやろう。このさき三月のあいだ、中山、内山、茅小屋の三山は、間歩（坑道）にも露天の採掘場にも水が湧いて、にわかに作業が滞る。そのうえ採れる石の質が悪く、金の産出が半減する」

「なに？」

鎌之助は思わず首を突き出し、草臥斎の顔を見なおした。

「もしや爺さんは、この山の金山衆とそんな話をつけてきたというのか」

「ほかに、金掘衆の元締めともな。うまくすれば、産金は半分といわず、三が一に減るだろうて」

草臥斎がしたり顔でうなずく。金山衆とは金山の経営をおこなう山師、金掘衆とは鉱石を掘り出す人夫たちのことである。

鎌之助は驚きと疑いのなかばするようすで、

「どうだ、甚八、おまえはこの話を信じるか」

甚八はそれにこたえず、くんくんと鼻を鳴らして、

「ご老体、酒のにおいがするな」

「呑まずに腹を割った話ができるか」

「もっともだ。しかし、酒席の約束はせぬもおなじともいう。水を差すようだが、ご老体は金山衆にうまくあしらわれたのではないか。それとも、かわした約束がかならず果たされると言い切れるかな」

「連中は、うぬらより、よほどあてになる。わしはそれを肌身で知っておる」

「なるほど、肌身でか」

甚八が首筋をぼりぼりと掻いて、よし、とうなずいた。

「そういうことなら、わしはご老体の話を信じよう。おい、鎌之助、そういうことだ」

鎌之助は舌打ちして、甚八と草臥斎を見くらべた。

「ちっ、そうなりそうな気がしたのだ。しかし、甚八がいうならしかたがあるまい。爺さん、わしはあんたを信じるのではないぞ。甚八の勘を信じるのだ」

「前口上の長い男じゃ。朝の挨拶をするあいだに日が暮れるくちだな」

草臥斎が言い捨て、さきに立って歩きだした。

甚八が追いかけて、朋輩のように肩をならべ、

「ご老体、どの道を通るつもりだ。帰りは人目を避けることもあるまい」

「だれが帰るといった。黒川(くろかわ)金山にいくのじゃ。山登りはもういやだなんぞと、小僧のような泣き言をいうなよ」

「黒川に？」

鎌之助は踏みだしかけた足を慌ててとめた。待て、そんな話は聞いておらんぞ、と呼びとめたが、だれも聞いていない。草臥斎も甚八も足早に斜面をくだり、うしろ姿がもう木立に隠れてしまいそうだ。

わしは帰るぞ、ああ、ひとりで帰ってやる、とわめきたいのをこらえて、鎌之助は二人を追った。

黒川金山は湯之奥の三山とならんで、甲斐国内でも最大級の金山である。

じつのところ、黒川金山の襲撃も事前には検討されていたのだが、鎌之助の意見によって、甲州にむかう三人は湯之奥の金山を攻めると決まった。産金の量が黒川は全盛期にくらべて落ちてきており、たいして湯之奥は増産をつづけていたからである。

ところが、草臥斎はいまになって黒川の産金も半減させると主張して譲らなかった。そうすれば、さきの湯之奥での工作と合わせて、金山ひとつを壊滅させたにひとしい打撃を徳川に与えることができる。

「それでこそ所期の目標にかなおう」

というのである。たしかに理屈はあっているから、そういわれると反対しにくい。

だが鎌之助はそんなに都合よくいくものかと、眉にたっぷり唾をつけていた。草臥斎は胡散臭(うさんくさ)いし、どだい話がうますぎる。こんな話を鵜呑(うの)みにするのは、よほどのお人好しか河童まがいの変人だけだろう。

黒川金山は甲府の北東、大菩薩連嶺の北端にあたる黒川渓谷に沿う鶏冠山の山腹に立地する。

三人は人里を避けて、毛無山からひたすら山中の険路をたどった。富士山の頂をつねに右手に見て、西から北へとまわりこむ。見納めに立ちどまり、霊峰に背をむけたのは、御坂山の尾根である。いったん山をおりて、夕暮れの甲州街道を横切り、滝子山から大菩薩連嶺に入った。踏み分け道をたどるうちに闇が迫り、三人は手ごろな木陰で野宿した。明日は黒岳から小金沢山へと休まず歩き、大菩薩峠を越えて、めざす鶏冠山に入る。

草臥斎が獣の唸りのような鼾をかきはじめると、鎌之助は道中で十回は口にしただろう問いを繰り返した。

「おい、甚八。あの爺さんは、そもそも何者だ？」

「さあな。気になるなら、当人に訊けばよい」

「訊いてもこたえぬから、こうして思案しておるのだ。おまえは気にならぬのか」

「ならぬ」

と甚八は毎度、そっけない。

「しかし、不思議だろう。なぜ爺さんは、甲斐の金山衆や金掘衆に顔が利く？」

「ああ見えて、けっこう憎めぬところがあるからな」

「そういうことではない。おまえのような気に入るかどうかだけでは、すまされん話だぞ。故意に産金を滞らせるなど、領主に弓引くおこないだ。裏切りだ、謀反だ、反逆だ。金山衆はなぜそこまでして、あの爺さんに肩入れするのか。それがわからねば、爺さんの話も信用できまい」

「そうか？　わしは金山衆との約束については信じてよいと思うがな」

「なにを根拠に、そう思うのだ？」

「まあ、それだけご老体を気に入っておるのだろう」

「おまえ、わしの話を聞いておるのか」

鎌之助はぎりぎりと奥歯を軋らせすぎて、もはや顎の具合がおかしくなりかけている。

「ともあれ、甲斐の領民にとっては、徳川はいわば新参の領主だ。金山衆にしても、ほかにもっと義理のある相手がいてもおかしくはあるまい」

と甚八がいった。

「つまりは、武田の残党か」

「それも、かなりの大物だ。わしはそう見ている」

「そういえば、主君と思えとかぬかしていたが、まんざら空威張りでもなかったか」

「大坂で見たが、真田にも、ずけりとものをいっていた」

「しかし、あの横柄さがだてでないなら、なぜ道案内のような役目を引き受けたのか。やはり、なにか企んでいそうだ。油断はできぬぞ」

と鎌之助は鼾の出どころを睨んだ。

だが草臥斎は黒川千軒と呼ばれる鉱山町につくと、ここでも金山衆、金掘衆とあっさり話をつけてしまったのである。鎌之助と甚八は町を囲む森のなかで、またぞろ手持ち無沙汰に一夜を明かしただけだった。

三人は暁闇のなか鶏冠山をおりた。帰路は大菩薩峠で山道を離れて、成木(なりき)街道に入るつもりである。

成木街道は青梅(おうめ)の成木村で採れる石灰を江戸に運ぶために敷かれた道で、甲斐と武蔵(むさし)を結んでいる。青梅街道とも称するが、大菩薩峠はその一番の難所である。

踏み分け道が大菩薩嶺に入り、険しい登りにかかると、草臥斎がわずかに歩みを緩めた。役目を終えて、さすがに疲れが出たのかもしれない。峠を見あげると、めずらしく足をとめて息をついた。

「あのとおり霧の多い山だ。慣れぬ者が歩くと、道に迷うてもどれぬことがある」

どこか懐かしげな口ぶりに聞こえた。

鎌之助と甚八は、それとなく眼を見かわした。

草臥斎がひとりうなずくような仕草をして、またむっつりと黙りこんで歩きだした。

「ご老体、成木街道には山犬が出るかな」

と甚八が声をかけた。

「昼間は出ぬ。が、霧がかかれば出る」

「まして、街道をはずれたこのあたりは危ないか」

「出くわせば、たちまち骨にされよう」

「おや、ご老体にも怖いものがあったか」

甚八が笑って、懐をひと撫でした。棍棒は道中でばらして棒を捨ててしまったが、山犬の顎の骨だけは大事に取ってある。

「おい、どうやら山犬より厄介なものに出くわしたようだぞ」

と鎌之助はいった。行く手にうっすらと漂う霧に眼を細めている。

「なるほど、そうらしいな」

甚八がうなずいて、ぶるっと肩を震わせた。

霧のなかに荒れた地面の剥き出した場所があり、そこに人影が見える。一人や二人ではない。鎧具足に身を固めた将兵が、見えるだけでも二十人ばかり。なかでも中央に立つ武将は堂々たる偉丈夫で、中国の冠を模した唐冠の兜が眼を惹いた。

鎌之助と甚八は、ふたたび眼を見かわし、ともに足をとめた。だが草臥斎は平然と進んでいく。

鎌之助はにがっぽく口の端を曲げた。

「こんどこそ罠にはめられたな」

「うむ、ままならぬものだ」

と甚八ががらにもなく嘆息する。

草臥斎が聞き咎めて、肩越しに振りむき、

「案ずるな。うぬらごときの安い首、手土産にもならぬ」

口ぶりからして、やはり待ち受ける手勢は草臥斎が呼び寄せたのだろう。黒川か湯之奥で金山衆と談判したとき、このこともあわせて手配したにちがいない。

草臥斎はなおも進みつづけ、手勢の槍穂が届くほどに近づいて、ようやく立ちどまった。

「源三郎、久しいな」

そういったのが、鎌之助たちにも聞こえた。

唐冠の兜の武将が半歩進み出た。

「何者だ」

「この顔、この声、よもや忘れたか」

「人相や声音など、いかようにもできる」

「なるほど、そういえば甲斐の透破にも、奇妙な術を遣う者がいたな」

と草臥斎がいった。

武将が重苦しく繰り返した。

「何者だ」

「いまは草臥斎と名乗っておる。ぬしへの手紙にも、近ごろは年寄って草臥れた、大草臥れだと書いておいたろう」

「……」

「ぬしはどうじゃ、毎年、春になると膿んでいた尻の出来物はようなったか」

「まことに、父上か？」

「たわけ、まだ疑うか」

「しかし、左衛門佐から、葬儀の許しを請う書状が幾度も参りましたぞ」

鎌之助は息を呑んで、みたび甚八と眼を見かわした。甚八も事態を理解したらしく、大きく眼を瞠っている。

いまこの状況で「左衛門佐」の名が語られるなら、それは鎌之助たちの雇い主である真田幸村のほかに考えられない。とすれば、草臥斎は、その父の真田昌幸。唐冠の兜の武将は、兄の真田信之ということになる。

「それを真に受けると思えばこそ、わざわざ許しを請うたのじゃ。でなければ、葬式など勝手に出すわ」

と昌幸がいった。

「まさか……」

信之は潤んだような眼をいそがしく瞬いた。胸裡でいくつもの感情が縺れ合い、表情には困惑しかあらわれないようだ。

真田昌幸は関ヶ原の合戦で次男の幸村とともに西軍につき、敗戦後は親子して高野山麓の九度山に配流された。そして四年前の慶長十六年（一六一一年）、同地で病死したと伝えられていたのである。

――どうりで一筋縄ではいかぬはずだ……。

と鎌之助はため息まじりに合点した。なにせ昌幸といえば武田二十四将のひとりに数えられた、まぎれもない乱世の雄なのだ。

武田滅亡後も昌幸は豊臣と徳川を天秤にかけ、真田の意地をしめす一方で巧妙な処世をみせた。自身が次男をともない西軍に与しつつ、嫡男の信之を徳川に臣従させたことなど、その真骨頂だろう。天下がどちらの皿に傾いても、真田は勝ち残る仕掛けだった。

げんに信之はいま本拠地とする上州沼田（ぬまた）に加えて、昌幸の治めた信州上田（うえだ）を受け継ぎ、十万石に迫る領地を治めている。

「おかげで、諸国をのんびり見物してまわれた。朝鮮には渡り損ねたが、蝦夷地（えぞち）はひと月ばかり旅して歩いたぞ」

昌幸がいうと、信之は顎を引いて、父の顔を見なおした。

「しかし、いまにして、なぜここに？」

「そのことだ、よく聞けよ。このさき遠からず、源次郎（げんじろう）（幸村）の働きで、家康は煮え湯を飲まされるはめになる。そして、源次郎の策が図に当たれば当たるほど、ぬしは内通を疑われる」

「つぎなる大坂攻めのことですな」

「いうておくが、勝敗にはかかわらぬぞ。ひとたび疑われれば、たとえ潔白のあかしが立とうと、家康には真田を疎むこころが残る。それゆえ戦がはじまるまえに、ぬしは無二の忠誠を家康にしめしておかねばならぬ」

「それがしは父上とちがい、駆け引きはいたさぬ。大御所様には常日頃より、無二の忠義を捧（ささ）げておりますぞ」

「それでは足りぬのだ」

「では、いかにせよと？」

「わしの首をあやつに差し出せ。これほどたしかな起請文（きしょうもん）はあるまい。そのために甲斐にもどり、こうしてぬしを呼んだ」

「なにをばかな。父上、さようなことをできるはずが――」

「黙れ。これはわしの遺言じゃ。逆らうことは許さぬ」

昌幸はいいおいて、すっと腰を落とし、脇差を抜いた。地面に膝をつくなり、襟を開いて切先を腹に沈め、いっきにかっさばく。

信之は喘ぐように口を開いたが声にはならず、昌幸に飛びついて肩を抱きかかえた。

「ひとつ言い忘れた。うしろにいる二人は、道中で拾うた小者だ。やくたいもない輩ゆえ、見逃してやれ」

と昌幸がいった。そして信之の耳元に口を近づけると、なにか囁いた。信之は首を横に振ったが、昌幸がまた囁くと、こんどは唇を嚙んでうなずいた。

信之が身体を引いて、粛然と立ちあがり、静かに刀を抜いた。

「御免」

血を吐くような声とともに、漂う霧が赤く染まった。


由利鎌之助と根津甚八が霧に紛れて大菩薩峠から逃れたころ、はるか西の石見国では仙ノ山の銀山を襲撃にむかった三人が無言で睨み合っていた。

長い睨み合いだった。

この場所にきてすぐにはじまり、もはや二刻（四時間）近くつづいている。だらだらと陰気な睨み合いともいえた。

やがて根負けしたように、海野六郎が口を開いた。

「わかった。女を連れこんだのは、たしかに軽率だった」

筧十蔵と望月六郎の視線が、じろりと海野に集中する。

十蔵の眼はまるで鉄砲の狙いをつけて、まっすぐに額を撃ち抜くよう。一方、望月の眼は熾火（おきび）のように暗く輝きながら、いまひとつ焦点が定まらない。

海野もさすがに生きた心地がしなかった。

「しかし、そのおかげで、おぬしらもいい目を見たわけであろう。いってはなんだが、わしが手引きしてやらねば、おぬしらの寝床に女が転がりこむことなど、十年に一度もないぞ」

「……………」

十蔵は無表情に口を引き結んでいる。

「……………」

望月もまばたきさえしない。

「なんだ、わしが一番の上玉を取ったと恨んでいるのか。しかし、あれは手引きした者の役得というものだ。おぬしらもそれぐらいは料簡してよいはずだぞ」

と海野は口調を強めたが、二人の視線は小動（こゆるぎ）もせず、不気味に突き刺さってくる。

「いや、まあ役得にしては、いささか差がありすぎた気もするが……」

「……………」

「わかった、白状する。おぬしらにあてがったのは、人夫たちが見むきもせぬみそっかすだ。二束三文の売れ残りだ。しかし、だからといってなにが横についているわけでもあるまい」

二人の顔が、そろって険しくゆがんだ。

「待て。よしんば、おぬしらが快からざる思いをしたとしてもだ、それでわしが女相手に口を滑らせたと決まるわけではないぞ」

海野は追い詰められて開きなおった。

「そうだ、むしろ女慣れせぬ、おぬしらこそがあやしい。おい、十蔵、おぬしはどうだ、寝物語に鉄砲の自慢をしたのではないか」

望月も片眉をあげて、十蔵を見た。けれども、十蔵はあいかわらず海野の額にぴたりと視線を据えている。

「いや、おぬしが女相手に鉄砲の話をするとは、とうてい思えぬが……」

海野は狙いを避けるように首を横に振った。そして、こんどは望月のほうに眼を流した。この男なら、だれかれかまわず火薬の話をするだろう。それは疑いない。問題は、相手がその話を理解できるかどうかである。

——無理だな……。

これも海野はみずから打ち消した。仲間内でも望月の火薬の話を理解できるのは、十蔵だけなのだ。しかも、その十蔵でさえよほど聞くのが面倒とみえて、鉄砲にかかわることにしか耳を貸さない。

「おまえは女子に甘い」

十蔵がふいに声を出した。

海野はぎょっと息を呑んだ。おまえとは、むろん海野をさしている。望月の暗く光る眼も、どんよりとこちらにもどってくる。

十蔵は抑揚のない声でつづけた。

「口を滑らさずとも、いらぬ情けをかけたのではないか」

「濡れ衣だ」

と海野はいった。

だが二人は冷ややかに海野を見据えている。もはや結論が出たといわんばかりである。

海野は繰り返した。

「まったくの濡れ衣だ。それより、望月があやしい。おぬし、女となにを話した。この山を吹き飛ばすならどれだけの火薬がいるとか、奉行所だけなら何貫目ですむとか、そんな物騒なことをしゃべったのだろう」

「いいや、なにも話さぬ」

と望月がいった。

「見ろ、やはりあやしいぞ。望月六郎ともあろう男が、火薬についてひと言も語らずにおくはずがあるものか」

「海野、おぬしの相手をしたのは、どんな女だ?」

「なんだ、それがどうした？」

「わしのところにきたのは、灰色の髪をほっかむりで隠した、歯の抜けた、眼の近い、耳の遠い、皺くちゃの女だった。帰れと耳元で怒鳴ったが、聞こえぬ。手が震えて帯がとけぬからと、胸元から萎びた乳を引っ張りだし、着物の裾をはだけて股を開く。なるほど、なには横にはついておらなんだ。しかし、干物と見間違えた」

「いや、わしも似たようなものだったが……」

海野は天井を睨みあげて、口髭の先をいそがしく揉んだ。

海野が床をともにした女は、髪は烏の濡れ羽色、歯は白く粒がそろい、二重瞼の眼がつぶらで、小ぶりな耳が愛らしい。着物を脱ぐと、きめ細かな肌がむっちりと艶をおびて、重ねた身体に吸いついてくる。いかに栄えているとはいえ、山深い鉱山町にこんな女がいるのかと、感心も驚きもさせられたのである。と同時に、海野は女が哀れにもなった。巡り合わせが悪ければ、この女も吹屋（製錬所）などの建物といっしょに木端微塵になってしまうのだ。

海野は考えたすえに、女にそれとなく忠告した。

「なにやら不吉な相が出ておるぞ。二、三日、銀山を離れて、里で養生してはどうだ」

そのあとしばらくして、なぜか銀山奉行配下の役人が押しかけてきた。そして問答無用に奉行所に引っ立てられ、牢屋に放りこまれたのである。

「おい、仲間をそのような眼で見るな。わしにはやましいところなどひとつもない。おぬしらにも身に覚えがないなら、これはなにかの間違いだ」

海野が鼻のしたの髭を撫でつけたとき、

「きさまら、やかましいぞ。吟味まで静かに控えておれ！」

牢番の叱咤が飛んできた。

三人は無言で眼を見かわした。そろそろ潮時がきたようである。

海野たちは幕府老中の委嘱を受けた直参旗本を名乗り、死後に断罪された初代銀山奉行大久保長安についての調査というふれこみで、奉行所のある大森の町に滞在していた。こういう芝居をさせると、海野はいかにもそれらしく見え、とくにだれか他人になりすますと、容姿から物腰までまったくなりきってしまうのである。

二刻前に奉行所に連行されたときには、まだ役人たちの言動に迷いや遠慮が見えた。だがいまはもう牢番にもすっかり罪人あつかいされている。どうやら化けの皮がはがれたらしい。となれば、ここでおとなしくしていても事態が好転する見込みはない。

「さて、間違いとわかれば、ここにいてやるいわれもない」

そろそろ出るか、と海野はいった。

とたんに、望月の眼が爛と輝く。立って牢格子に歩み寄ると、着物の袖口からすーっと糸を抜いて、くぐり戸の錠前のわきの竪桟に巻きつけ、また糸を抜いて、一段下の桟に巻き、また抜いて、わきの横桟に巻く。

「なにをしておる！」

牢番が見咎めて近づいてきたが、海野と十蔵は牢格子から離れて、背後の壁までさがっている。

望月が三本の糸の末端をひとつにまとめて、親指の爪でこすった。ちりっと小さな火花が散り、ちりちりと糸を伝う。望月が壁際までさがったとき、どんと爆裂して、くぐり戸の錠前が周囲の桟ごと吹き飛んだ。まえにいた牢番も、あおりを喰って倒れる。

三人は牢屋を出ると、気絶している牢番を叩き起こして、取りあげられた刀と鉄砲の在処(ありか)を聞き出した。そのあいだに、役人が二人、三人と駆けつけてきたが、海野たちは慌てなかった。昨日までに、すべての手配がすんでいたからである。

海野は牢番の使う六尺棒を手にすると、悠然と構えて役人たちを一喝した。

「騒ぐな！　騒げば、いまに百倍する爆発が起きて、奉行所が壊滅するぞ」

役人がぎょっと立ちすくむ。その眼前を通りすぎて、三人はそれぞれの得物を取りもどしにいき、あとは素早く奉行所から逃れ出た。

石見銀山は、佐摩(さま)村にあるために佐摩銀山、あるいは奉行所のある大森の名を取り大森銀山とも呼ばれるが、膨大な量の銀を産するのは仙ノ山である。その北にある大森の町は、むしろ付け足しといっていい。

幕府がいかにこの仙ノ山の銀鉱床を重視しているかは、隣接する要害(ようがい)山と合わせて麓に巡らされた長大な柵からも一目瞭然だった。この銀山柵内と呼ばれる一帯で、異国にまで名を知られた石見銀が産み出されたのである。

海野は柵の出入口のひとつ蔵泉寺(ぞうせんじ)口(ぐち)番所のまえまでくると、振りむいて気まずげに顔をしかめた。

「すまぬ、嘘をついた。役得云々というのは、ただの言い訳だ。わしの女が高直すぎて、おぬしらを遊ばせる金がなくなり、あんなことになった」

「それはかまわぬが、役人にいったことは聞き捨てならんぞ」

と望月がいった。

「あそこに仕掛けた爆薬は、糸火薬の百倍ではなく、ざっと八十六倍だ。それだけあれば、奉行所は跡形なく吹き飛ぶ」

「奉行も牢番もいっしょくたに肉片となって飛び散るわけか。いまごろおおわらわで爆薬を探しまわっているだろうな」

「あれは囮だ。なんの工夫もせず、見つけやすくしてある。しかし、これからはじまるのは見ものだぞ」

「ほう、おぬしがそこまでいうのもめずらしい」

二人が話すあいだに、十蔵が鉄砲の支度を終えた。片膝をついて構えると、柵越しに狙いを定める。

「あの五輪塔のてっぺんを撃つのだな」

十蔵がいった。ゆうに二町（約二一八メートル）は離れている。

「うむ」

望月がうなずく。

一拍おいて、銃声がとどろいた。柵内の五輪塔の頂点に火花が散り、一瞬後、そこから真っ赤な火柱が噴きあがった。

火柱は爆音を立てながら高々とあがり、その頂点で幾筋かにわかれて、細い滝のように地面や家屋に降りそそいだ。すると、その場所からあらたな火柱があがり、また幾筋かにわかれて降りそそぐのだ。

火柱は噴きあがるたびに数を増やして、銀山六谷といわれる鉱山町にひろがり、しだいに山頂へと登りつめていく。それは地獄の業火でありながら、あまりにも華麗なために恐怖を忘れさせた。げんに町の人びとは避難もせずに、飛び火していく火柱を見つめている。

やがて火の手が山頂に達すると、ひときわ太い火柱が噴出した。まるで銀山が火山へと変化したようだった。いや、龍にというべきだろうか。なぜなら噴きあがる火柱が銀色の光をふくんで、鱗(うろこ)のようにきらめいていたからだ。

「あの娘、里に帰っておればよいが……」

海野はこっそり呟いた。

死の楼閣

三好清海入道は茶碗酒を呷ると、串鮑の煮物を見て顔をしかめた。

「馳走というても、このまえと似たり寄ったりのものばかりじゃ。せっかくの祝杯が興醒めするわ」

「まあ、そういうてやるな。これが精一杯のもてなしなのだろう」

と根津甚八が鶉の腿肉をつかんでかぶりつく。

「そのもてなしに芸がないというておるのだ。おなじ鳥や魚でも、すこし頭を使えば見違える料理に仕立てられよう。大坂一の知将が聞いてあきれるわ」

「べつに真田が手ずから包丁を握るわけでもあるまい。それに、どう料理しても食べてしまえばおなじではないか」

鶉は足を爪まで残して焼いてあり、その足の裏が甚八の口からにゅっと突き出ているさまは、まるで一羽丸呑みにしたかに見える。

「しかし、こうして床や壁があると、おなじ料理でもいささか風情が変わるな」

と海野六郎が箸をとめていった。

大坂城三ノ丸、真田の陣屋敷内に据えられた黄金の茶室である。といっても、まだ全体は完成していない。手柄に応じて道具立てをふやしていく約束になっていて、今回は茶道具に加えて、壁二面と床、畳が設えられている。壁は床ノ間まで金張り、畳は猩々緋の羅紗を使い、縁はやはり金襴という、かなりのけばけばしさだった。

もっとも、この茶室は三畳の広さしかないため、おさまりきらない人数は縁の口からつづけて敷いた緋毛氈に陣取っていた。

「ふん、これが壁か。ちまちましくさって、わしはまた屏風かと思うたぞ」

と清海入道が鼻息を吐いた。たしかに伊三入道のうしろにあると、そう見える。それも小ぶりの枕屏風である。ただし、清海入道のうしろの壁は、塀のように大きく見えていた。

「いやあ、ふしぎだ」

と由利鎌之助が笑った。

「草臥斎の爺さんと旅したあとでは、清海入道がなにをいっても可愛く聞こえる」

「ほう、それほど難物だったか」

と海野が口髭をひねる。

「難物も難物だが、喰えぬ爺さんだった。このわしがいいように引きまわされた」

「はっはっ、そうらしいな。だが喰えぬのは、幸村のほうやもしれんぞ。こうなるとわかっていて、親父を甲斐にむかわせたとすればな」

「いや、それはあるまい。あれは倅の思惑で動くような男ではなかった。草臥斎の腹のうちは、幸村にも読み切れていなかったと、わしは睨んでいる」

「ならば、佐助はどうだろうな。あいつはどこまで知っていたのか」

海野がそんな言い方をしたのは、当人がその場にいなかったからだ。

「ううん、あいつはいつも知らぬ顔をしているが、それを真に受けるとろくなことがない」

と鎌之助が首をかしげて、

「ところで、才蔵、あいつがどこにいったか知らぬか。昨日から姿が見えんようだが」

「さあな。もどってきたら、首に縄をつけて握っておこう」

と霧隠才蔵が猿廻(さるまわ)しみたいなことをいう。

「このまえはおまえがぷいといなくなり、こんどは佐助だ。忍者(しのび)というのは、どうにも気ままでいかん」

鎌之助がいうと、めずらしく清海入道と海野が口をそろえて、まったくだとうなずく。

「ひとのことをいえた義理か」

と甚八が笑った。そのわきで伊三入道は黙々と巨軀に酒を流しこみつづけ、筧十蔵はさっさと腹ごしらえをすまして鉄砲の手入れに取りかかり、望月六郎はうつむいてなにかしきりに指折りかぞえている。

穴山小助は才蔵のとなりに坐って、うっとりと横顔を眺めていた。

「海六、それはなんだ」

と才蔵が海野の手元の鉢に顎をしゃくった。才蔵は海野と望月を、海六、月六と呼びわけている。

「海鼠の太煮だな。海鼠のなかに山芋を詰めて、擂った味噌で煮てある」

出来はまあほどほどだ、と海野がいったとき、廊下に人影があらわれた。

猿飛佐助である。

「才蔵」

と重苦しく呼んだ。

「おまえ、しくじったか。それとも、裏切ったか」

黄金の茶室に、にわかに緊張が走った。十蔵や望月までが顔を起こして振りむき、みなの視線が才蔵に集中する。

だが才蔵は小首をかしげて、くいと盃を干すと、

「はて、なんのことか。いまにかぎれば、身に覚えがないな」

「家康の影武者が生きている」

「ばかをいえ。おれが持ち帰った影武者の首級は、おまえも見たはずだ」

「たしかに首級は見た。が、影武者が生きているのも、たしかにこの眼で見た」

「ということは、駿府にいったのか」

「ああ、出来の悪い弟子を持ったおかげでな」

佐助は大坂に帰ってすぐ、戸田白雲斎が才蔵に討たれたと知った。哀れな、と思った。城内で発見された忍者の死屍は、武士から犬の死骸のようにあつかわれる。不出来とはいえ、たったひ

とりの弟子だから、せめて骨の欠片でも拾ってやろうと、解いたばかりの草鞋の紐を結びなおして駿府城に走ったのだ。

「で、そのついでに天守のようすを遠見に窺っていると、ちらとこれに映ったのだ。家康が二人、まるで鏡にむかって話しかけているように、おなじ顔を突き合わせて立ち話している姿が」

と佐助は懐から千里鏡を出して、鼻先にかざしてみせた。英国商人が家康に献上した望遠鏡の模造品で、十蔵が徳川の間者を射殺したときに手に入れたものだった。

「ならば、影武者がもうひとりいたか」

と才蔵が他人事のようにいって、また盃を干した。

佐助はその顔を正面から見据えていたが、ぽいと千里鏡を鎌之助に放り投げると、座敷に入って緋毛氈に腰をおろした。

「おい、その黄金の茶碗をこっちにまわしてくれ」

と清海入道に声をかける。十蔵が手元の鉄砲に眼をもどし、望月もうつむいてぶつぶつ呟きだした。小助はあいかわらず才蔵の横顔に見惚れている。

「なんだ、おまえたち二人がそろえば、なんでもお見通しではないのか」

受け取った千里鏡の覗き穴に眼を当てながら、鎌之助がいった。

「そうはいかんさ。才蔵はともかく、おれに見通せるのは、せいぜい首の縄が届くあたりまでだ」

と佐助が金色に波打つ茶碗酒を呷って、才蔵に眼をむけ、

「で、どうなんだ、城に潜りこんだとき、それらしき気配はなかったのか」

「影武者の警護は思ったより手薄だった。しかし、むこうが家康の守りに人手を集めるのはわかっていたし、こちらはそこが狙い目だったわけだ。ほかにも影武者がいると疑わせるできごとは、とくになかったたな」

「うむ……」

「もっとも、家康が双子を影武者にしたという噂(うわさ)は耳にしたことがある。どこで聞いたかも思い出せんほどむかしのことで、げんにいまこういう話になるまですっかり忘れていたが」

「その噂ならおれも聞いたが、まんざら根も葉もない話でもなかったか」

「さあ、どうかな。本当は三つ子かもしれん」

才蔵がいうと、海野が海鼠の煮物の鉢を渡しながら、

「いずれにせよ、ここでのんびり酒を酌み交わしつつ、徳川が攻めてくるのを待つ、という按配(あんばい)にはいかんようになったわけだ」

「もとより、この計略の肝は本物の家康に下手な采配を振らせることだからな」

と鎌之助がうなずく。徳川の資金源を断ったのは、勝敗への直接の影響よりも、長期戦に持ちこませないためや、敵方の大名を離反させる狙いのほうが大きい。短期決戦で形勢を有利にできれば、あとは豊臣の豊富な財力がしぜんとものをいうはずなのだ。

「影武者の始末は、おれの役目だ。もう一度いって、双子が三つ子でも、かならず仕留めてこよう」

才蔵が盃をおいて、手の甲をさすった。ぞっとするほど冷たい眼つきをしている。

だが佐助は腕組みして、ちらと小助の顔を見やりつつ、

「いや、こういうことには、二度目はないとしたものだ」

「おまえ、やはり裏切りを疑っているのか」

「ではないが、駿府城は見たこともないほど物々しいありさまだった」

「こちらの狙いが影武者と知れて、大慌てで守りを固めたか」

「そういうことだ。これは十人でかからねば果たせぬ仕事になったと、おれは見ている。でなければ、いきがけの駄賃におれが始末してきたさ」

「ほう、十人がかりの仕事とは、面白くなってきたな」

清海入道が笑みを浮かべて、伊三入道の巨大な膝をぽんと叩く。

望月が顔を起こして、いきなり立ちあがり、

「どうした、わしの出番か。こんどはなにを吹き飛ばす。代官所か、奉行所か、たちの悪い女郎屋か？」

「まあ、落ち着け。こんどは城攻めだ。いやでもおぬしの役どころが大きくなる」

海野がなだめて、望月を坐らせる。

「明朝、出立する。みんな、そのつもりでいてくれ」

と佐助が呼びかけると、てんでばらばらに「おうっ」と九つの声が返ってきた。

駿府城には遠く清水湊から巴川、北街道の用水を経て、三ノ丸、二ノ丸の堀を横切り、本丸堀まで通じる水路がある。川船なら十分に通れる幅があるが、城の奥にいくほど複雑に折れ曲がり、さらに櫓門を構えて船の往来を監視している。だがその警戒の眼も、河童のように水底を滑り抜ける姿まで捉えることはできなかった。

佐助たち十人が大坂を発った二日後。暁闇のなか、二ノ丸堀と本丸堀をつなぐ水路の水面に、そっと浮かびあがる頭があった。

河童ならぬ、根津甚八である。城外から詰めつづけていた息を吐き出し、新鮮な空気を胸に入れる。さらに太く息を吐き、ゆっくりと吸いこむ。頭上から跫音が響き、すっと水中に沈んだ。跫音をやりすごして、ふたたび水面に頭を出すと、甚八は水路の石垣に手をかけ、ひたひたと這い登った。道の高さまでくると、用心深く覗き見る。水中の闇に慣れた眼に、篝火の光が強くしみた。道には煌々と火が焚かれ、曲がり角には臨時の番所らしきものが見える。

城外からも空を明るませるほどの火の色が窺えたが、本丸内は鼠一匹も見逃すまいという警戒ぶりだった。佐助が二度目はないといったのは、こうしたことをさしていたのだろう。薬屋の勘右衛門が描いて、才蔵が仕上げた城内の絵図面があるから、どうにか人目を避けられているが、そうでなければ水面から顔を出したとたんに見つかっていたかもしれない。

甚八は左右に眼を配り、近くにある篝火までの距離を目測すると、道より低く頭をさげた。懐をまさぐり、包みを出す。拳ほどの大きさで、水を通さないよう油紙で幾重にも巻いてある。

甚八はていねいに包みを解いた。油紙はやわらかく揉みくたしてあり、ほどいてもほとんど音を立てないが、それでも跫音が近づくたびに、手をとめ、息を殺す。やがて広げた包みが鳥の巣のような恰好になり、その中央から鶉の卵ほどの丸薬を二個取り出した。

油紙をたたんで懐にしまいながら、甚八は聞き耳を立てて、跫音が遠ざかるのをたしかめた。肩のあたりまで道に顔を出すと、左右の篝火にぽい、ぽいと丸薬を放りこむ。

だっ、だっ、だんっ！

石垣を這い降りるあいだに、数丁の鉄砲を撃つような音がとどろき、ひとの叫び声があがった。だがその声をかき消すように、また連続して火薬のはじける音が響く。そして、べつなほうからはるかに大きな爆音がとどろき渡った。

甚八はちらと石垣の上部を見返し、水音どころか細波（さざなみ）も立てずに、すっと水面に沈みこんだ。一瞬、静寂が訪れた。まるで深い湖の底にでも潜ったようだった。だがすぐに喧騒（けんそう）が巻き起こった。水路沿いの道を慌ただしくひとが行き交い、怒号や指図の声が水のなかまで響いてくる。

甚八は水路から本丸堀へと泳いだ。水路の出入口から堀を半周したあたりが、ちょうど天守の真下になる。駿府城の特殊な掘割と甚八の異能があればこそ、ここまでやすやすと潜入できたわけである。

だが本丸堀に入ると、堀端に数珠のようにつらなる篝火に水面が隅々まで照らされて、うかつに鼻面を出すことさえできなかった。慌ただしくなりだしたひとの動きを肌に感じながら、甚八は暗い水の底を泳いだ。そしてふと口の端を曲げた。どうやら河童仲間と出くわしたらしい。

おなじころ、三ノ丸の草深（くさぶか）御門に駆けつけた侍がいた。身支度もそこそこに飛び出してきたのか羽織袴のいでたちだが、槍持と小者二人をしたがえている。

「何者か」

門番に誰何されると、侍はこの顔がわからぬかとばかりに、篝火のそばに顎を突き出した。

「これは、山県様。このような時刻に、いかがなされました」

「どうしたのか訊きたいのはこちらだ。いましがたの物音はなにごとか。鉄砲、火薬の音に聞こえたぞ」

「はあ、たしかにそのようにも聞こえましたが、それがしには……」

「こら、はきとせぬか。物音はどこから聞こえた」

「方角や遠さからして、三ノ丸ではございません。二ノ丸か、あるいは本丸のほうかと」

「本丸だと。なぜ、それを早くいわぬ！」

通るぞ、と侍が眼を吊りあげてまえのめりになる。

「いや、お待ちを。まずは出入監札をあらためませぬと」

「これか」

侍が煩わしげに懐に手を入れ、将棋の駒のようなかたちをした札を出して、門番に押しつける。

「た、たしかに拝見。しかし、お通しするかは――」

と門番はおよび腰にいいかけて口をつぐんだ。草深御門は大手門の反対側、いわゆる搦手にあり、城下の北側に住まう藩士の通用門になっている。眼のまえの侍のほかにも、城内の轟音を聞きつけたのだろう、道につぎつぎと人影があらわれ、慌ただしく門にむかってくる。

「たわけが、火急の折とわからぬか」

侍は門番を押しのけるようにして、門扉の横にある脇戸をくぐった。

三ノ丸はたちならぶ侍屋敷の内外に灯がともるほか、いたるところに番士と篝火が配されていた。番士たちは持ち場を離れずにいるものの、ほとんどが二ノ丸のほうに顔をむけている。

「おい、どこで物音がした！」

手近な番士をつかまえて、侍がなかば怒鳴りつけるように訊いた。番士は険しい眼つきで振りむいたが、侍の顔を見ると一揖して、

「北御門の奥から聞こえました」

「しかと相違ないか」

「はっ、相違ございません」

きっぱりとこたえる。爪の垢を煎じて、さっきの門番に飲ませてやりたいぐらいである。

「二ノ丸から、なにか知らせはあったか」

「いえ、いまだなにも」

番士の顔にはその場を動けないがゆえに募る焦燥と緊張が色濃くにじんでいた。

「ならば、指図があるまで、ここの守りに専心せい。くれぐれも油断すなよ」

侍はいいおいて、北御門にむかった。むろんそうなるように仕組んであるのだ。北御門は二ノ丸の門のなかで草深御門からもっとも近く、水路端の爆音はこの門の奥から聞こえるようになっていた。

「こやつは、山県というらしいな。顔が利く男で助かった」

と侍が振りむいて、自分の顔を指さした。見たところはまったくの別人だが、眼つきや口ぶりは海野六郎である。

「北御門でも効き目があるとよいが。こんなところで槍働きをするはめになったら、命がいくつあってもたりん」

と槍持姿の由利鎌之助がいう。小者のなりをしているのは、佐助と才蔵の二人である。

「これは驚いた。槍持が自分で槍働きする気でいるぞ」

と才蔵が笑い、佐助は感嘆した。

「それにしても、海野の技はたいしたものだ。ひと言聞いただけで、声音までものにしてしまうとはな」

城下の武家地にひそんで、爆音を聞いて最初に屋敷を飛び出してきた主従を捕まえ、こうしてなりすましたのだが、海野の変装にはいつもながら驚かされる。

「なに、こんなものは口先の芸にすぎぬ。おぬしらの技や能とはわけがちがう」

と海野が首を振った。

「海野が遠慮した口を利くとはめずらしい。さては、石見でなんぞあったな」

と鎌之助が眼を光らせる。

海野はいやな顔をして、大手門の方角に顎をしゃくった。

「そんなことより、そろそろ騒ぎがはじまるころではないか」

だが三ノ丸大手門のまえは粛然としていた。

大手御門と呼ばれるこの門は、徳川一門や大名、朝廷の使者など、身分の高い者しか通れない。ほかの通用門のように城下から駆けつける人影はなく、たとえあらわれたとしても、門番たちは固く門を閉ざして、問答無用に打ち払えばよかったのだ。

大手御門の守りは門内外の番士のほか、三ノ丸堀にかかる大手橋のたもとにも加勢の人員が配されていた。しかし、かれらの注意もやはり少なからず城内へとむけられている。そのために、城下の家陰にいる男に気づくのが遅れた。あろうことか、男は大手御門に鉄砲をむけている。

「やっ、あれを見ろ」

「曲者(くせもの)だ。取り押さえろ」

橋のたもとを固める手勢が動きだそうとしたとき、鋭い銃声が響いて足軽のひとりが倒れた。仲間が抱え起こすと、陣笠のしたの眉間を撃ち抜かれている。また銃声が響き、仲間の足軽もこめかみから血を流して倒れた。

大手御門の鉄砲狭間(ざま)が、ようやく目覚めたように銃口を光らせた。狭間とは城郭の塀や壁につくられた攻撃用の窓のことで、鉄砲狭間のほかにも矢狭間や大砲狭間などがある。一拍おいて、数十の狭間がいっせいに火を噴いた。

だが城下の男は身を隠しもしない。射程距離にかなりの差があり、一発として男まで届かないのだ。ふたたび城門側で銃声がとどろいたが、男は悠然と鉄砲を構えて、引き金を絞った。鋭い銃声が疾(はし)り、橋のたもとで足軽を指揮していた番士が倒れた。

門内に退くか、討って出るか、残された番士や足軽に迷いが見えた。だがすぐに号令がかかり、槍を構えた一隊が城下の男にむけて突撃した。途中でひとり、ふたりと銃弾に倒れても、残る人数は足をとめない。ついに男の目前まで迫ったとき、突如、その行く手に巨大な影が立ちはだかった。

槍隊は足軽八人だった。全員がたじろいだ。立ちふさがる影が、巨軀に坊主頭をふたつ生やす化け入道に見えたのだ。足軽たちが悲鳴ともつかぬ声をあげながら、やみくもに槍を突き出した。化け入道はその槍の束を腕のひと振りで払いあげ、八人をまとめて抱えこんだ。

「伊三、やれ」

片方の坊主頭が、もうひとつの坊主頭に命じた。両腕に力がこもり、抱えられた足軽たちの身体が鉄の胴丸ごとみしみしと軋む。よし、という声がして、化け入道が腕をひろげると、藁(わら)のように折れひしゃげた八人の身体がずるずると崩れ落ちた。

「十蔵、弾はどれぐらい残っておる」

と振り返った坊主頭は、いうまでもなく清海入道である。伊三入道の背中に蟬(せみ)のように取りつき、肩口から顔だけを覗かせている。

「四十八発」

と筧十蔵がこたえた。十蔵は弾薬包というものをつくり、銃弾と火薬を鉄砲に一挙動で装塡(そうてん)できるようにしている。四十八発というのは、その弾薬包の数だった。

「よし。ならば、わしらは門前でひと暴れしてくる。おまえは鉄砲狭間の連中を牽制(けんせい)してくれ」

「待て。そこまでせずとも、この騒ぎを長引かせれば十分だ。われらは城を落としにきたのではないぞ」

「若造が小利口なことをいう。門があれば破り、城があれば落とせばよいのだ」

「ならば、好きにしろ」

十蔵が言い捨てて、鉄砲狭間の小さな開口部に狙いを定める。

「どうした、駿河の腰抜けども、もうしまいか！」

と清海入道が大音声で挑発した。大手御門の内外から、わっと怒号がはね返ってきた。


変装した海野を先頭にする四人が北御門のまえにさしかかったとき、背後から十人ほどの侍が追いかけてきた。

北御門の橋は跳ね上げ式で、いまは閉じた門のまえに橋が立っている。橋詰にあたる場所に臨時の番所があり、四人はそこの番士と追いかけてきた侍に挟まれる恰好になった。だが侍は海野たちを一瞥（いちべつ）しただけで、番所のほうに声高に呼びかけた。

「草深御門に黒狐（くろぎつね）が出た。追われて城下に逃げ去ったかに見えたが、化生のもののことゆえ油断はできぬ。こちらも用心されよ」

いい終わるより早く、城下の北西の方角で爆音がした。穴山小助と望月六郎の仕業である。駿府の城兵が一丸となって守りを固めれば、佐助たち十人が束になってもむろん歯が立たない。だから城兵の注意を分散させ、城下と三ノ丸、二ノ丸のあいだに、ひとの流れを錯綜（さくそう）させようとしているのだ。

ほとんど間をおかず、北御門の門扉が開き、跳ね橋がおりてきた。駆け出てきた一隊が草深御門のほうにむかい、もう一隊が横内御門のある東に走る。さらにもう一隊が出てきて、橋詰の番所の守備に加わった。

海野はそのなかのひとりを呼びつけて、

「本丸、二ノ丸のようすはどうだ」

「やっ、これは山県様」

と番士はかしこまり、

「いまは鎮まっておりますが、詳しいことはわかりかねます」

「なにがあったか、まだ把握できておらぬのか」

「あいすみませぬ。みな口々に意見を申しますが、たしかなことはなにひとつ」

「物音はどこからした。本丸か、二ノ丸か」

「それは二ノ丸にちがいございません」

「よし、どのあたりからしたか教えろ」

と番士に先導させて橋を渡り、爆音のした方角をたしかめる。が、水路のほうなのは端からわかっている。

二ノ丸には篝火のほかにも、松明の群れがいそがしく動きまわっていた。そして、その火の粉が舞いあがる空はしらじらと明けはじめている。

海野は番士を持ち場に帰らせると、門内に配された足軽を叱咤するように睨めまわし、足早に左手の水路にむかった。やはりそちらのほうが火の数も人影も多い。いつのまにか小者姿の二人がはぐれて、ついてくるのは槍持の鎌之助だけになっている。その鎌之助は篝火のわきを通るたびに、なに喰わぬ顔でぽいっ、ぽいっと丸薬を火のなかに放りこんでいく。

けれどもこんどは、爆発が起きない。

不発ではない。やがて音もなく白い煙が篝火から漂いはじめた。最初は薪が燃える煙とまじって立ち昇り、そこからわかれて流れ落ちるように四方に広がっていく。その奇妙な煙に巡邏(じゅんら)の番士が気づいたときには、海野たちはとうに通りすぎているのだ。

小者姿の二人も海野とは逆の右手にむかいながら、おなじ丸薬を篝火に投げこんでいった。ひとに行き会うと、こちらは「黒狐じゃ。用心召されよ、黒狐が出ましたぞ」と触れ声をあげる。まるで二人で三河萬歳(みかわまんざい)でも演じて遊んでいるようだ。

二ノ丸は影ができないほど火の数が多く、とりわけ本丸堀沿いにはびっしりと篝火が焚かれていた。やがてそのすべてから白煙があふれだして、はじめは朝靄(あさもや)のように淡く漂っていたが、しだいに厚みをまして一歩先もかすむほどの濃い霧になった。

「おお、佐助たちめ、はじめおったな」

清海入道が弟の肩のうえから城郭を見あげて、にやりと歯を剝いた。まわりを無数の城兵が埋めている。大手橋を押し渡って、門扉の手前まできているのだ。むろん戦いはすべて伊三入道にまかせていて、清海入道は坊主頭に汗粒ひとつかいていない。

「おい、十蔵！」

と大音声で呼ばわった。

「これより門を打ち破ろうから、眼を見開いてとくと眺めておれよ。駿府城の大手がたったふたりに崩されたと、のちの世まで語り草になろうぞ」

伊三入道の足元には、殴り倒された城兵が折り重なるように横たわり、それを踏み分け、踏み越えながら、あらたな城兵が詰め寄ってくる。

だが清海入道は見むきもせず、大手御門の門扉を指さした。

「伊三、木っ端にしてしまえ」

伊三入道は低い唸りを洩らすと、兄の指さすほうに大股に踏み出した。その足の裏で城兵の身体が踏まれた蛙（かえる）のように潰れる。だが伊三入道はそれに気づいてさえいない。幾人もの身体を踏みしだきながら、岩山のような肩を猛然と門扉にぶつけた。

一方、佐助と才蔵は二ノ丸の北西の一角に立ち、本丸堀越しに天守を見あげていた。煙のなかで小者の着物を脱ぎ捨て、真っ白な忍装束になっている。

「霧隠の名にふさわしい景色だな」

と佐助が聞こえないほどの声でいう。

「ところが、他人のこしらえた霧はかえってやりにくいものさ」

と才蔵がぼやく。

そして二人の足元では、甚八がこっそりと水面に顔を出していた。白煙のおかげで、安心して息ができる。水面には血脂も浮きあがっているが、見つかることはないだろう。

甚八が浮かぶ堀の底には、忍者四人の死体が沈んでいた。堀を泳いで侵入者を探していたのだ。

ひさしぶりに水中で格闘して、甚八は気持ちが昂っていた。敵もなかなかの河童ぶりだった。

四方から囲まれて、甚八もいっとき窮地に立たされたのだ。だが泳げば泳ぐほど、敵は動きが鈍り、かたや甚八は敏捷になる。やがて敵は眼に見えて息があがり、つぎつぎに古参河童の餌食にされたのだった。

「そこの石垣は見えるか」

と才蔵が堀のむこうに顎をむけた。

「見える」

と佐助がうなずく。

といっても、二人とも頭のなかにある景色を煙に重ねているだけである。

「いくか」

「うむ」

二人が同時に地を蹴り、天守台の石垣に取りついた。その姿は濃霧のような白煙に隠されて、甚八はもちろん、巡邏の番士の眼にもとまらず、それどころかたがいにも見えなかった。ただともに気配をたしかめながら、するすると石垣を登っていく。

「おまえが敵でなくてよかった」

と佐助がいうと、才蔵がふふんと鼻を鳴らし、

「また裏切るかもしれん」

「あれは、小助の親父の仕業だろう」

「おまえ、知っていたのか」

と才蔵がにがい口ぶりになった。小助の親父とは、先代の穴山小助である。

「知ってはいないが、察しはつく」

「あの親父は金のためなら女房子供でも売るような男だったが、あのときは本当におれたちを敵に売り渡そうとしていた。そのうえ、おれに寝返りを持ちかけて、おまえと相討ちにさせようと企んだ」

「それで腹に据えかねたか」

「おれが見逃しても、おまえが始末していたさ。娘に見られたのはまずかったが、幸か不幸か、あいつはよほどに動顚(どうてん)したとみえて、前後のいきさつを覚えておらぬようだ」

娘とは、むろん二代目小助こと小綾のことである。

「思い出せば、小助はおまえを仇(かたき)と狙うかな」

「賭けをするには、ちと分が悪そうだ」

「そういえば、女難の相が出ているぞ」

「とにかく、放ってもおけぬから、仲間に引き入れたが」

「で、親父の罪までかぶってやるのだから、鬼の霧隠もずいぶん丸くなったものだ」

「仏の猿飛にそういわれるようでは、たしかにこのあたりが身の引きどきかもしれん」

「さあ、そのまえにひと仕事するか」

駿府城の天守は見たところ五層の楼閣だが、内部は七階建てになっている。天守台の石垣から、そのまま多聞櫓の壁を這いあがり、屋根のうえに立つと、ちょうど天守の三階の屋根とおなじ高さになる。

佐助と才蔵は無言で同時に天守に飛んだ。


どうん、どうん、どうん……。

大砲のごとき轟音が繰り返し、大手御門の門扉がついにみしりと軋んだ。木目に沿ってわずかに亀裂が走ったようである。

「よし、あとひと息じゃ」

清海入道は叫び、険しい顔で振り返った。背後から城兵の気配が遠退き、かわりに射貫くような殺気が迫ってきたのだ。味方をさがらせて矢弾を浴びせるつもりか、と清海入道は訝った。だが近づいてくるのは、見たところやはり一団の城兵だった。

「ほう、乱破のたぐいか」

と清海入道はいった。城兵は足軽具足を身につけているが、目配りや四肢のこなしが尋常ではない。

「とはいえ、佐助たちにくらべると、ずいぶんちゃちに見えるぞ」

と嘲笑い、弟に指図した。

「こやつらをまず片づけてしまえ」

伊三入道が足軽たちにむきなおる。その瞬間にいくつものつぶてが飛び、顔や肩にぱっと砕けて黄土色の粉が散った。伊三入道は熊手のようなてのひらでばさばさとあおぎ払ったが、しだいに眉間がゆがみ、苦しげに眼を細める。

足軽たちが手槍をかざし、それへめがけて殺到した。だが先頭の男は伊三入道の左腕のひと振りで、もげるほどに首が真横に曲がり、石垣まで弾き飛ばされた。つぎの男は右手で頭をつかまれて、卵のように握り潰される。

伊三入道はもはや眼を閉じて、眉も瞼もきつくゆがめていた。だがその耳元で清海入道が指図すると、巨軀がまるで兄の身体のように自在に動くのだ。

足軽たちがいったん退いて、距離を取った。

清海入道は袈裟の袂に唾をつけて、弟の眼を拭ってやったが、痛みをましただけのようだった。

足軽二人が右手にまわりこみ、伊三入道の頭をあいだに挟んで、清海入道の死角になる位置に入った。そして、いっきに間合いを詰めたが、伊三入道が思いのほか素早く巨軀をひるがえし、つづく清海入道の指図で足軽二人の頭が潰れた。

だがその清海入道の横顔につぶてが飛び、また黄土色の粉が散った。

清海入道は咄嗟に顔をそむけたが、体勢を崩して弟の背中から滑り落ちる。眼元の粉を払い落しながら、激しく咳きこんだ。だが眼の痛みはさほどでもなく、ものも見えている。

伊三入道がにわかに覚束ないさまで、左右に手を伸ばして兄を探した。清海入道は立ちあがりながら、咳をこらえて弟に呼びかけた。が、息が喉を素通りする。もう一度呼ぶが、こぼれたのは乾いた咳だけ。

清海入道はぎょっと喉を押さえた。声を出せないのだ。伊三入道はまだ左右に手を振り、兄を探している。その耳にべつの声が響いた。

「伊三、二歩右にいる男を踏み潰せ」

清海入道の声音に似せているが、そっくりではない。だが兄を見失って恐慌した伊三入道は、その兄がまさに二歩右にいるとも知らず、偽者の指図にしたがった。

「ぃ……ぉ……ぅ……」

清海入道の喉からは、制止の声も悲鳴も出なかった。

そのころ、二ノ丸の東御門近くでは、海野と鎌之助が短く息をついていた。

「よし、われらの出番はここまでだ。そろそろ引き揚げるとしよう」

「思いのほか首尾ようしったな。海六の変装も月六の火薬も、どうして役に立つではないか、と才蔵ならいうところだ」

二ノ丸からあふれた白煙はまるで雲海のように本丸まで呑みこみ、ただ天守の上層だけが蒼白（あおじろ）い空に金色（こんじき）に突き出ている。

「あとは、その才蔵と佐助の二人にまかせればよい。ほかの連中もそろそろ引き揚げているだろう」

「河童を除けばな」

「おお、甚八を忘れていた」

朝日が昇り、白煙はところどころに濡れたようなきらめきを含んでいる。篝火はもうあらかた消されたが、煙はまだおさまる気配がなく、視界はすこぶる悪い。これなら不用意に番士とぶつかり合うことさえ避ければ、のんびりと三ノ丸までいける。

「帰れば、つぎは茶室に天井がつくな」

と海野が口髭をうごめかせた。

「いや、これはさきの埋め合わせで、あらたな手柄ではないから、部材は増えまい」

「そうか、残念だな。しかし、影武者さえきっちり始末すれば、西軍の勝利は疑いない。茶室は一式そろい、褒美も望みのままだ」

「そういう話に乗って本当に褒美にありついた者を、わしは知らんがな」

鎌之助は苦笑しかけて、ふと頬をこわばらせた。

「おい、どうやらわれらも、そっちのくちらしいぞ」

白煙のむこうから数人の将兵があらわれた。そのうちのひとりが海野の変装とおなじ顔をしていたのだ。

「死ぬときは女の腹のうえと決めていたが」

と海野がため息をつく。

二人の周囲で、白煙のなかに、がちゃがちゃとうるさく具足の音が鳴りはじめた。

大手御門のまえでは、伊三入道が半狂乱になって暴れていた。すでに満身創痍だが、その巨軀を苦しめているのは目潰しでも槍傷でもなかった。耳に突き刺さった、ひと言だった。

「兄殺しめ！」

伊三入道はその言葉を追い払うように、やみくもに太い手足を揮う。だがもはや敵をどれだけ屠ろうと、たとえ城門を打ち破ろうと、あの瞬間の足裏の感触が消えることはない。

「なぜ、加勢してやらぬ」

城下の家陰にいる十蔵のかたわらで声がした。肩越しに振りむくと、望月六郎が腰に手を当てて、こちらを見おろしている。

「弾薬が切れた」

「しかし、あのままではなぶり殺しになるぞ」

望月のいうとおり、足軽たちは伊三入道に近づく危険をおかさず、遠巻きに少しずつ傷を負わせている。

「自業自得だ。わしにはどうにもしてやれぬ」

「ならば、なぜここにいる」

「伊三が逃げてきたとき、わしがここで鉄砲を構えれば、たとえ弾薬はなくとも、追手の足がすこしは鈍ろう」

実際、十蔵のもとには長射程の鉄砲を警戒して近づく者がなかった。弾切れの確証がないかぎり、おそらくこのさきもおなじだろう。

「なるほど、それはけっこうだが、伊三はもはや逃げてきそうにない」

「ならば、最期を見届ける」

「ほほう……」

「おまえはさきに、予定の場所までさがっていろ」

「いや、そういうことなら、これを使わぬか。うまくすれば、伊三を助けてやれるやもしれぬ」

と望月が懐から革の巻物を出して、するするとひろげた。内側にいくつも袋があり、そのひとつから小さな筒状のものをつまみ出す。

「なんだ、それは？」

と十蔵が眉をひそめた。

「おぬしの弾薬包を真似てこしらえた。これをあそこに残っている篝火に撃ちこめば、面白いことになるぞ」

「いらぬ」

「なぜだ？　弾切れなのだろう」

「他人の調合した弾薬は使わぬ」

「なに、わしの腕が信用できぬというのか」

「できぬ」

「な、なんだと」

望月が顔をひきつらせた。

「おまえの火薬をあつかう腕は信用している。が、弾薬はべつだ」

「べつかどうか、試してみればわかる」

「試さぬ」

「なぜだ、なぜ試さぬ」

「いうても、おまえにはわかるまい」

「き、きさま、わしを虚仮にするのか」

というまえに、望月は脇差を抜いて、十蔵の首筋に峰を叩きつけていた。どさりと道に倒れた十蔵の手から鉄砲をもぎ取り、さっそく特製の弾薬包をこめる。大手御門のほうに銃口をむけると、伊三入道はもう遠目にもわかるほど動きが鈍かった。

「さて、うまく撃てるかな……」

望月はぎくしゃくと鉄砲を構えて、舌舐めずりした。その銃弾を炎のなかに撃ちこむと、五つ数えたあとに、七色の火玉が散る。伊三入道に逃げる力が残っているかどうかはともかく、足軽たちが大慌てしたうえに大火傷することは間違いない。

引き金に指をかけて、息を詰める。またぞろ舌をうごめかして、息を詰めなおし、狙いをつける。引き金を絞ると同時に、望月は予期せぬ爆音を聞いた。

どうやら、鉄砲の強度を読み違えたらしい。指を折って火薬の分量を計算しなおそうとしたが、右手と右眼、右耳が吹き飛んでいる。

「おかしいな……」

望月は焼けただれた唇をわずかに動かし、痙攣する左手の指を左目で見ながら、道に突っ伏した。

十蔵がいれかわりに顔を起こした。鉄砲の暴発の音で目が覚めたのだ。背後の跫音に振り返ると、女姿の小助が駆け寄ってくる。

「いかがされました」

と訊きながら望月の遺骸に眼をむけて、小助は絶句した。見えない壁にぶつかったように立ちどまると、たちまち蒼白になる。遺体にむけた眼は、なにかちがうものを虚ろに見つめ、うわごとのように低い声を洩らした。

「どうした、小助」

十蔵は小助の女姿を見るのも、ここまで取り乱すのを見るのもはじめてだった。

「おい、どうしたのだ」

小助がはっとしたように息を呑み、十蔵の顔を見なおした。そのとき大手御門のほうで地を揺らすほどの物音とともに、伊三入道の巨軀が倒れた。

天守は五階まで内部にも白煙が立ちこめていた。そして佐助と才蔵が通りすぎたあと、楼閣の床はことごとく真紅に染まった。各階に詰めていた番士たちは、みなそれと気づかぬうちに、鬼か仏の手で静かに冥土に導かれたのだ。

六階への階段をのぼると、にわかに煙が薄らいで視界が開けた。二人の忍装束は返り血で、白と赤のまだらになっている。その凄惨な姿を囲んで、四隅にいた鎧武者が床几から腰をあげた。六階に詰めているのは、この四人だけのようだった。

「伊賀者か」

と佐助がいった。

「猿飛と霧隠だ、命を無駄にするな」

だが鎧武者はそろって一歩踏みだし、無言で太刀を抜いた。

「聞きわけがないな。甲賀者か」

と才蔵がいった。

四人の武者が、突然にくずおれた。が、それは中身の抜けた鎧兜が床に落ちただけだった。四人の忍者が壁や天井に張りつき、いっせいに吹き矢を放った。だがその毒針が飛んださきに、佐助と才蔵の姿はなかった。

天井にいた忍者が、どさりと床に落ちた。切り裂かれた喉笛から血を流し、天井にはかわりに才蔵が張りついている。

「佐助、影武者の首はおまえにゆずろう」

と薄く笑った。

「心得た」

佐助は階段の降り口からひょいと顔を出し、そのままのぼり階段に跳び移った。ふたたび吹き矢の毒針が飛びきたが、ほどいた頭巾でやすやすと払い落とす。そして、その頭巾がぱさりと階段にかかったときには、佐助の姿は消えていた。

だが七階に頭を出した佐助のうえに、間髪をいれず兜割の一撃が襲いかかった。

「ぎゃっ！」

絶叫とともに、ざっくりと裂かれた頭から鮮血と脳漿がほとばしる。ところが、なぜかその裂けた頭が身体から離れて、階上に飛びこんだ。それは五階に詰めていた番士の頭だった。佐助は放りあげた生首のしたを滑り抜けて、七階の床に立った。

「柳生流には、不意討ちの秘伝もあったらしい」

と鼻白んだようすでいった。階段の降り口のわきに、武士が立っていた。柿色の鉢巻きと襷をかけ、大刀を正眼に据えている。そして武士のむこうの畳を敷いた一画に、ふくよかな容姿をした老人が脇息に肘をあずけて坐っていた。

「最後は鉄砲でも忍者でもなく、侍に守らせるか。なるほど、武家の棟梁にふさわしい心がけだが、ちともの小粒だな」

佐助は老人に声をかけた。が、それより早く武士が間合いを詰めてきた。疾風のような踏みこみだった。

斬撃が佐助を襲った。その切先の冷たさを頸部の肌に感じつつ、佐助は紙一重にかわして跳び退りながら棒手裏剣を打った。武士は喉を狙う一本を払い落したが、もう一本を避けられなかった。左足の甲にさくりと手裏剣が突き立った。

武士が足元を見おろした。苦しげに頬をゆがめ、そのまま前傾して倒れた。佐助の手裏剣にもむろん猛毒が塗られている。

「さて、念仏でも唱えてもらおうか」

と佐助は老人を見やった。

「厭離穢土、欣求浄土……」

老人がひとりごつように呟いて立ちあがった。

「万が一のときには、最期に富士を眺めるつもりで、ここにこもることにした。まさか本当になるとは思わなんだが」

浅く笑うと、佐助に背をむけて窓に歩み寄る。

「武士が相手なら背を見せて斬られるわけにはいかぬが、忍者であればかまうまい。どうじゃ、そうは思わぬか」

「道理ですな」

「階下はなにやら煙っておるが、さいわい空はよう晴れた……」

悠然と眺望する老人の背後に、佐助は忍刀を抜いて跫音なく近づいた。

六階に降りると、才蔵が手持無沙汰なようすで窓際にたたずみ、やはり富士の山影を眺めていた。

「静かになったな」

「いつもどおり」

二人はうなずきをかわして、血まみれの楼閣を降りていった。三階の屋根から、多聞櫓に飛び移る。白煙がおさまりはじめて、眼下に本丸堀がぼんやりと見える。二人はいっきに、それへと飛びこんだ。

飛沫(しぶき)をあげて水中に沈んでいくと、底には甚八が待機していた。片手に佐助、片手に才蔵の奥襟(おくえり)をひっつかんで、甚八は猛然と泳ぎだした。水飛沫の音を聞いた城兵が堀に鉄砲を撃ちこんだが、河童の影はとうに消えている。

甚八は白煙が途切れる三ノ丸の手前の水路で、一度だけ佐助と才蔵に息継ぎをさせると、また怒濤の勢いで泳ぎだした。城下の水路に出て北街道に這いあがったときには、さすがの佐助と才蔵も溺れかけていた。

だが二人が顔色を悪くしたのは、仲間との落ち合い場所に着いてからだった。そこに待っていた人数が少なかった。由利鎌之助と穴山小助、筧十蔵の三人だけである。しかも鎌之助は背中に深手を負い、小助は血を抜かれたような顔色をしていた。

「家康にしてやられたか」

佐助は思わず唸った。失うばかりで、得るものはなにひとつなかった。


大坂城の真田の陣屋敷にもどると、佐助は胸裡(きょうり)にわだかまる疑念を雇い主につたえた。

「なに、影武者を討ち損じたというのか」

幸村が顔を強張(こわば)らせた。

「どうやら、そのようです」

「ならば、これはだれの首ぞ」

「まことの大御所の御首級（みしるし）」

「なんと……」

佐助が駿府から持ち帰った生首を、幸村は喰い入るように見つめた。

「徳川一門の末代のために、おのれを囮（おとり）にしたらしい。大御所当人としか思えない、いさぎよい最期でした」

と佐助はいった。家康は名将ではないが、なるほど名君ではあったようだ。

幸村はしばらく沈黙したが、首級から眼をあげたときには、もはやつねの顔色にもどっていた。

「すると、まもなく大坂に攻めてくるのは、影武者に率いられた軍勢になるわけだな」

幸村は激しない。大胆だが、つねに落ち着いている。佐助のしくじりを咎めず、きたるべき事態に眼をむけたのは、さすがというべきだろう。

「困ったことに、そうなります」

「影武者が相手では、豊臣は勝てぬとみるか」

「いや、見誤っておりました。勝てぬのは、影武者にではなく、やはり大御所のほうでしたな」

と佐助はいった。淀殿や秀頼には、豊臣一門を守るためにあれほどの覚悟はあるまい。

「いずれにせよ、負けをみとめるのか」

「尋常一様のことでは勝てないでしょう」

「わかっておる。だからこそ、そなたらを雇うたのだ」

いま一度、知恵を絞れ、と幸村はいった。

「されば、ひとつ思案がござる」

と佐助は口調をあらためた。

「伊賀でも柘植だけに伝わる、千人柱という秘術」

夏の陣

慶長二十年（一六一五年）四月四日、徳川家康は駿府城を発った。

尾張藩主である九男義直の「祝言のため」というわりには、地を震わすほどの大軍を率いている。十二日に名古屋城で婚儀をとりおこない、十八日には京都の二条城に入った。

このあいだに諸大名に号令がかけられ、京都にはすでに藤堂高虎(とうどうたかとら)や伊達政宗(だてまさむね)、黒田長政(ながまさ)の姿があった。二十一日、江戸から将軍秀忠が駆けつけて伏見(ふしみ)城に入り、東軍十五万余の陣容がととのった。

迎える西軍は、やはり味方する大名もなく、浪人を掻き集めての八万弱。大坂城の修築も間に合わず、野戦で東軍を撃退するしかない。

さきの冬の陣を敗北に導いた大野治長が、面目を一新しようと気負い立ち、

「先手を取る」

と大和(やまと)や和泉(いずみ)に兵を出した。だが無抵抗の堺の町を焼いただけで、さしたる戦果もなく撤退に追いこまれ、むしろ出鼻をくじかれる恰好になった。またおなじころ京都を焼き討ちしようと企んで、みごとにしくじった。

五月五日、家康は満を持して京都を進発した。このとき手勢にたいして、三日分の腰兵糧でよいと命じたという。

「この戦は、それだけの日数で決着する」

と宣言したのだ。手勢が奮い立ったことはいうまでもない。

京都からまっすぐ大坂にむかうと、大坂城を北東から攻めることになるが、この方面は惣堀が埋められたあとも、淀川の豊かな流れが城を守っていた。東軍はこれを避けていったん大和にくだり、山越えで大坂城の南の平野に出る進路を取った。

同五日、西軍では、真田幸村、後藤基次、毛利勝永の三将が摂津平野郷に集まり、対策を協議した。結果、明日の払暁に河内道明寺村に集結して兵を進め、大和から侵入してくる東軍を国分村で迎え撃つと決めた。

迎撃部隊の陣容は、前隊が後藤基次や明石全登らの率いる六千四百、後隊が真田幸村、毛利勝永らの率いる一万二千である。

六日、平野郷を進発した後藤隊は、未明に藤井寺村に入った。東にいけばすぐに道明寺村があり、そのさきが国分村になる。国分村は大和から竜田越えの山道の出口にあたり、大軍を待ち受けるにはうってつけの地勢だった。

ところが、後藤隊のあとに味方がつづかなかった。後隊の真田隊や毛利隊はもとより、前隊の後続部隊さえ追いついてこないのだ。さらに悪いことには、東軍が予想をうわまわる速さで河内に侵入してきている。

後藤隊は敵前に孤立した。基次は覚悟を決めた。二千八百の手勢のみで道明寺村を抜けて、石川を押し渡り、国分村を見おろす小松山に登る。人数でも結束でも劣る西軍にとって、たよりになるのは地の利だけだった。

山頂に布陣すると、基次は夜が明けきるまえに仕かけた。狙いは東軍先頭の松倉重政隊、およそ六百の軍勢である。

基次は血気盛んな一隊を先鋒としてむかわせ、松倉隊をいっきに突き崩した。さらに主部隊の水野勝成と堀直寄が加勢にくると、次鋒を送りこんで後退させる。戦巧者の面目躍如たる采配ぶりだった。

だが後藤隊の奮戦も長くはつづかなかった。本多忠政、松平忠明、伊達政宗らの部隊、あわせて二万数千がぞくぞくと山を越えて国分村に入り、小松山の裾野を埋めていく。

基次はそれでも正午近くまで戦ったが、伊達隊の銃弾に胸を貫かれて、部下に介錯を命じた。

「諸将に先駆けて討ち死にするのが、なによりの御奉公になろう」

出陣のまえに語っていたとおりの最期だった。基次の首は野辺にでも埋められたのか、東軍の手には渡らず行方知れずになった。

前隊の後続部隊が追いついたのは、ちょうどこの前哨戦が終ったころだった。勇猛で知られる薄田兼相が石川の河原に陣を布き、果敢に戦いを挑んだ。だが衆寡敵せず討ち取られてしまい、おなじく山川賢信の隊も壊滅して、前隊は敗走をはじめた。

そこにようやく後隊が到着して、敗残兵を救援、収容しつつ、東軍の追撃を押しとどめた。毛利勝永は左翼に開いて敵先鋒を叩き、右翼にむかった幸村率いる真田の赤備えもたくみな戦いで、勝利の勢いに乗る伊達隊を翻弄した。

　やがて両軍が乱戦から兵をさがらせ、総力戦にむけて陣形をととのえた。

　ところが、そこに大坂城から退却の命令が届いたのである。若江に迎撃に出た木村重成隊が敗れ、八尾で奮戦していた長宗我部盛親隊も撤退して、敵勢が城下に迫ろうとしている。急いで城を守りに帰ってこいというのだ。

「またもや、修理（大野治長）か……」

　幸村は唸った。城にはまだ四万の無傷の兵がいる。なんの策も講じず、ただ敵の勢いに恐れをなすのは、冬の陣のときとまったくおなじだった。

　だがいかに無能惰弱な男の命令でも、主命として発せられたものには服従するしかない。幸村は撤退のしんがりを引き受けると、追撃してこない東軍にたいして、

「関東勢百万、男はひとりもなし」

　といつにない痛罵を浴びせて、大坂城にもどった。

　そして、家康が決着を宣言した三日目となる。

　東軍は七日の日の出とともに、天王寺口と岡山口の二方面から兵を進めた。主戦場となるべき天王寺口を指揮するのは家康。秀忠も同所を望んだが、聞き入れられず岡山口の総大将とされた。巳ノ刻のなかば（午前十時頃）、家康の本隊が平野郷に着陣した。

　一方、西軍は大野治房（治長の弟）を岡山口の守りにつけ、やはり主力を天王寺口に据えた。

すなわち、茶臼山に真田幸村、四天王寺の南門前に毛利勝永、その周辺に豊臣恩顧の将を配し、明石全登の別動隊を後方に控えさせる。大野治長は兵を出すだけで、当人は前線に姿を見せなかった。

正午頃、天王寺口で戦端が切られた。東軍先鋒の本多忠朝隊と西軍毛利隊とのあいだで、銃撃戦がはじまったのだ。

「早すぎる」

幸村は拳をきつく握り締めた。西軍の策は、天王寺まで東軍の本隊を誘いこんで、別動隊に背後を取らせ、包囲殲滅することにある。さらに嫡男の大介を城に走らせて、いましも秀頼の出馬を請うているところなのだ。

「いったん戦いをおさめて、総大将の出馬を待て」

と毛利隊に伝令を走らせたが、もはや手遅れだった。見るみる戦線は拡大していき、幸村自身も松平忠直（家康の孫）の率いる越前兵と対峙した。

忠直は前日に戦況を傍観していて、そのことを家康に叱責され、汚名をそそごうと奮い立っていた。一方、幸村にも前日に戦場に遅参して、むざと基次たちを死なせてしまった悔いがあった。

両者は激しくぶつかりあった。

家康の本隊は平野郷から桑津村を経て、越前兵の背後についていた。東軍はおろか西軍自体をも驚かすほどの熾烈な反攻が、各所で繰りひろげられた。

背水の陣の思いがそうさせるのか、真田、毛利の隊はもとより、豊臣恩顧の将兵もこれまでにない目覚ましい戦いぶりを見せている。

越前兵も猛然と戦った。ところが、家康のまえにまだ遠いはずの真田の赤備えが迫ってきた。毛利隊が越前兵の側面を突き、幸村は算を乱した敵勢に抉るような攻めを仕かけたのだ。

越前兵は陣列を突き破られ、真田隊は家康の本隊にまで攻めこんだ。

家康は三度、幸村の姿を目の当たりにした。わずかな供回りに守られて命からがら逃げる。三方ヶ原の敗戦以来、はじめて馬印が倒れ、敗走のたびに自害を覚悟した。

だが味方がかろうじて真田隊を押し返し、幸村は目前で背を見せた。

家康は顎のしたの汗を拭って、ほっと息をついた。つかのま本隊にも安堵が漂った。そのとき家康の足元近くの地面から、のっそりと人影が這い出してきた。

泥まみれの痩せた男だった。雑兵のように見えるが、汚れているからそう見えるだけで、本当は武士なのかもしれない。

いずれにせよ、男はふらふらと立ちあがると、家康にもたれかかるようにして短刀の切先を具足の隙間に突き入れ、右に左に捩じりまわした。

われに返った近習が男に駆け寄り、幾太刀も斬りつけて、家康から引き離した。男が支えをなくしたように、ぐったりと地に崩れ伏す。

家康は近習に抱えられて、手近な木陰に運ばれた。だが敷かれた陣羽織に身体を横たえたときには、家康自身と刺客の血にまみれてすでに事切れていた。

夏の陣は、家康の宣言どおり三日で終わった。ただし豊臣家の滅亡ではなく、東軍の敗走によってだった。

「なるほど、千本柱の術がうまくいっていれば、そうなっていたというわけか」

由利鎌之助が瓢を傾けて、佐助の盃にとくとくと酒をついだ。

「まあ、そういうことだ」

佐助はうなずいて、どぶろくをすすり、

「しかし、真田はおれの進言をいれなかった。なんのためにせよ、千人もの家来を生き埋めにするなどできぬそうだ」

伊賀千本柱は、敵の総大将が布陣するであろう場所を予測して、あらかじめ土中に刺客を埋めておく術である。刺客はわずかに身じろぎできるほどの細い縦穴のなかで、数日間、ほとんど呑まず喰わずで敵軍の来襲を待つ。そして総大将が着陣した場所にいた刺客だけが、土中から抜け出して使命を果たすのだ。

刺客の数は、千人というのは喩(たと)えとしても、広い平地が戦場となれば、数百人にのぼる。そして、かれらはひとたび土中に入れば、あとは戦況もわからぬまま敵将の着陣をひたすら待つしかない。みだりに土中から這い出れば、伏兵がいることを敵に覚られて、術が水泡に帰してしまう。つまり全員に人柱となる覚悟が必要なのだ。

実際、戦が終わって味方が掘り出したときには、息絶えている刺客も少なくなかった。だがそれをいちがいに不運とはいえない。使命を果たした刺客は、間違いなく討ち取られる。地下に埋められた時点で死人とおなじ、もはや生きて帰れることなど望んではならないのだ。

「なるほど、無慈悲な策だな」

と鎌之助は鼻柱に皺を寄せた。

「策ではない。術だ」

と佐助が首を振り、

「むろん、兵法の理とも関わりがない」

「だから、真田はこの術を採らなかったのか」

「千人柱は術を施す者にも、仲間を死兵として使い捨てる覚悟がいる。真田には、善くも悪くもそれがなかった」

「しかし、たとえ真田が肯んじたところで、豊臣のために喜んで人柱になる家来がはたしてどれだけいたか」

「それはいまさらいっても、せんないことだ」

佐助はめずらしく嘆息した。つまるところ、幸村も豊臣家にはそこまでする価値がないと思っていたのではあるまいか。

家康の目前から退却した幸村は、茶臼山でしばらく抗戦をつづけたあと、安居神社で無念の最期を遂げた。敵の総大将はその眼で見たが、味方の総大将の姿を見ることはついになかったのだ。

根津甚八が焼いた蛙の足を引きちぎりながら、

「侍には死にかたが大切なのだ。われらとちがい、虫けらのようにくたばるわけにはいかん」

「あるいは、河童のごとく生き残るわけにもな」

と鎌之助が半畳を入れる。

筧十蔵は酒にも肴にもほとんど手をつけず、ひとり離れて、あらたな鉄砲の部品作りにいそがしいが、これもめずらしく太い息をついた。

「勝って土中で干からびるか、負けても人前で華々しく散るか。清海入道なら、迷わず後者を選んだろうな」

「うむ、入道たちはもうずいぶんまえから、死に場所を探しているふしがあった」

と甚八が蛙の足をしゃぶりながらいう。

「それにしても、おまえほど黄金の茶碗が似合わぬ男もおらぬな」

と鎌之助が、甚八の膝先から茶碗を取りあげた。膝のしたは、猩々緋の畳である。縁の口の腰障子も紙のかわりに緋の紋紗(もんしゃ)を張り、骨や腰板はもちろん金。天井も一面がまぶしく金色に輝いている。

明石全登の別動隊にまぎれて戦況を眺めていた佐助たちは、勝敗の帰趨(きすう)に見切りをつけると、大坂城に引き返して、本丸に残っていた黄金の茶室の部材を盗み出し、真田の陣屋敷にあった部材や茶道具と合わせて、三ノ丸の片隅に隠し埋めた。

そして戦が終わると、焼け落ちた大坂城の廃材に紛れて茶室を持ち出し、近江の佐和山城跡まで運んで、野伏りがねぐらにしていた小屋のなかに、ひとつの部材も残さずきっちりと組みあげ、いまそこで別れの宴を開いていた。

「おまえは知らんだろうが、竜宮城はもっとけばけばしいぞ。金の茶碗どころか、珊瑚の箸に翡翠の皿。厠まで金無垢で、道には砂利がわりに真珠が敷いてある」

と甚八はいった。

「なに、河童というのは、竜宮城に出入りを許されているのか」

鎌之助が眼を丸くする。

「あたりまえだ。あそこには河童のための離れもある」

「さぞやむさ苦しかろうな」

「この景色とさして変わらんさ」

甚八はぐるりと仲間を見まわした。

「おい、一緒にしてくれるな」

と才蔵が笑い、首筋をさすりながら立ちあがった。

「しかし、こうまぶしくては、眼ばかりか、肌までちかちかするな」

茶室を出て、小屋の隅に寝転がる。穴山小助がすかさず追いかけて膝枕をした。海野六郎がいたら、うらやましげに横眼を流したろう。だが望月六郎とともに、もはやその姿はない。

「おい、十蔵。甚八は竜宮城に帰るらしいが、おまえはどうするつもりだ」

と鎌之助が訊いた。

「わしは漁師になる」

「ほう、猟師か。それはよい思案だ、熊でも撃って暮らすか」

「いや、海で魚を釣るのだ。童のころからの夢だった」

と十蔵が作業の手をとめずにいう。

「はあ、おまえもつくづくわからん男だな……」

鎌之助は苦笑して、佐助を振りむき、

「おまえは？」

「おれは明国に渡るつもりだ。むこうもなにやらひと騒動ありそうだからな」

「それは面白そうだ。わしもついていこうか」

そんなやりとりを聞きながら、小助は笄を出して、膝上の才蔵の髪を撫でつけていた。ちょうど喉笛を貫くにはてごろな、鉄製の鋭利な笄である。

「才蔵様は、どうなさるおつもり？」

と囁くように訊いた。

「さあ、どうしたものか」

「佐助様のように、異国に渡られますか」

「それもよい。この茶室を潰した金だけでは、面白おかしく暮すこともできまいしな」

「では、わたしもついてまいります」

才蔵は薄眼を開いて、小助の顔を見あげた。

「どうやら、親父のことを思い出したらしいな」

「……」

「なにが望みだ？」

「才蔵様のこと、逃がしませぬ」

と小助は微笑んだ。

著者略歴

犬飼六岐〈いぬかい・ろっき〉
1964年大阪府生まれ。大阪教育大学卒業。公務員を経て、2000年「筋違い半介」で第68回小説現代新人賞を受賞しデビュー。2010年『蛻』が第144回直木賞候補となる。他の著書に『吉岡清三郎貸腕帳』『叛旗は胸にありて』『与太話浮気横槍』『神渡し』『佐助を討て』『騙し絵』『逢魔が山』『鷹ノ目』などがある。

© 2016 Rokki Inukai Printed in Japan

Kadokawa Haruki Corporation

犬飼六岐

黄金の犬 真田十勇士

*

2016年3月8日第一刷発行

発行者 角川春樹
発行所 株式会社 角川春樹事務所
〒102-0074 東京都千代田区九段南2-1-30 イタリア文化会館ビル
電話03-3263-5881（営業） 03-3263-5247（編集）
印刷・製本 中央精版印刷株式会社

本書の無断複製（コピー、スキャン、デジタル化等）並びに無断複製物の譲渡及び配信は、著作権法上での例外を除き禁じられています。また、本書を代行業者等の第三者に依頼して複製する行為は、たとえ個人や家庭内の利用であっても一切認められておりません。
定価はカバーおよび帯に表示してあります。落丁・乱丁はお取り替えいたします。

ISBN978-4-7584-1281-0 C0093
http://www.kadokawaharuki.co.jp/

本書は月刊「ランティエ」2015年6月号から
2016年2月号に掲載された作品に加筆・訂正いたしました。